世界でいちばん長い写真

誉《ほん》田《だ》哲也

光 文 社

目次

世界でいちばん長い写真……5
解説　古既智之《ふるまやともゆき》……293

1

空っぽの部屋。

中身の詰まった段ボール箱。

「……これどうよ。ケツメイシ」

子供の頃からよく知っている部屋なのに、こんな眺めは初めてだ。

奥の角に机がない。正面の壁際にベッドがない。その上にあったエアコンも、窓にはカーテンもない。マンガとCDがたくさん並んでいた、ちょっとだけエロい本も隠してあった本棚もない。あるのはもう、この段ボール箱だけ。

「それ、聴いた」

「じゃあ……浜崎《はまさき》あゆみ」

洋輔《ようすけ》は今日、この町を出ていく。お父さんの仕事の都合で、東北の方に引っ越していく。

荷物はすでに、家の前に停めてあるトラックに積み込まれている。

「アユは……もういい」

「え？　ノブ、好きだったじゃん」

「でも、もういい」

「ほんじゃ、これは。アース・ウインド&ファイアー」

「……知らないよ、そんなの。聴いたことない」

「いいぞ。古いけど、けっこういいぞ」

ジャケットは、クレオパトラが立ち上がって石像になったみたいな、でも左半分はロボットみたいな、変な絵。

「……別に、いいよ。CDとか」

「そういうなよ。とっとけよ、せっかくなんだから」

「せっかくってなんだよ」

「別れの、記念……みたいな」

「記念とか、いいよ。そういうこと」

「よくねーよ。お前はこれを持って帰って、家で聴いて、俺との思い出にひたって泣くんだよ」

そういう洋輔自身は、ニタニタと笑っている。

「聴いたことないもん聴いたって、思い出なんかにひたれないよ」

「だからケツか、アユにしとけって」

そのケツメイシのアルバムも、浜崎あゆみのも、だいぶ前に洋輔がｉＰｏｄに入れてくれていた。まあ、洋輔もそうしてあるから、オリジナルのＣＤはいらないってことなんだろうけど。

僕は仕方なく、じゃあもらっとくといって最初の二枚を受け取った。受け取って、部屋の隅と比べるとかなり色の褪《あ》せた床に、直接置いた。

「あ、洋輔……そういえばさ、あの、三好《みよし》と……あれから、どうした？」

「ああ……奈々恵《ななえ》とは、ちゃんと別れたよ」

「えっ」

別れ、た——？

それ、ってつまり、二人は付き合っていた、ってこと？

洋輔は僕と違い、顔もイケててスポーツもできて、勉強はそんなでもないけど、でも喋りが面白くて、けっこう女子には人気があった。だから、三好に相談されたときは、正直困った。

「いまさら洋輔にコクったって、ダメだよね……三年の今頃になって、そんなの、意味ないよね」

あれはまだ春頃で、でも一学期の終わりくらいに転校するかもって、洋輔が言い始めた直後だった。

なかった。

「あ、でも……んん……いってみたら、いいんじゃないかな。コクるだけなら、タダだし」

そういう言い方はないだろと自分でも思いつつ、でもそんな台詞《せりふ》しか、僕には思い浮かば

「じゃあ、ノロブー、協力してくれる？」

その、ノロブーって呼ぶの、やめてくんないかな。

「えっ、何を？」

「だから、コクるの」

「なんで、僕？」

「だって、幼稚園ときからの親友なんでしょ」

親友、かどうかは分からない。幼馴染《おさななじ》みであることだけは確かだけど。

「洋輔に、それとなく訊《き》いてみてよ。あたしのこと、どんな感じか」

「えー、そんなの……」

三好は、まあ、別にブスではないけれど、可愛いかっていうと、決して大きくは頷《うなず》けないというか、つまり、そういう感じの女子だ。クラス委員をやったり、写真部の部長をやったりしていて、女子の中でもリーダー格って感じで。間違いなく気は強いし、腕力も、ひょっとしたら僕よりあるかもしれない。ちなみに僕は、その写真部のヒラ部員であり、この相談も、部室に他の奴らがいないときに、こっそりとされた。

「頼んだからね、ノロブー」

だから、それやめてってば。

「ああ、うん……分かった……訊いとく」

でまあ、その次の日か、そのまた次の日くらいの帰り道。

洋輔に、なんか三好が、お前のこと好きだっていってたよっていったら、ふーん、分かったっていわれた。分かったってどういう意味？　って思ったけど、そのときは、なんかそれ以上訊けなくて。でも当時、洋輔は隣のクラスの安藤《あんどう》エリカを気に入っていたはずで、向こうも洋輔なら文句ない感じだったから、それをほっぽって三好か？　それはあり得ないでしょ、って思っていた。

それでも三好には、ありのままを伝えた。そんなに悪いリアクションでもないと思ったから。

「洋輔、分かったっていってたよ」

案の定、三好は「？」って顔をしていた。で、話はそれっきりになった。洋輔も三好については僕に話さなかったし、三好も、以後そのことについては僕にいってこなかった。だからちょっと、どうなったのかなって、気にはなってたんだけど、それを、別れた、って。

それってもしかして、僕なんかが未体験なゾーンに二人はすでにいっていて、その、もっとさらに向こうで「別れ」ちゃったってこと？　マジで？　そこんとこ、ちょっと詳しく教えてよ洋輔――。

なんて、この期《ご》に及んでいえるはずもなく。

「……あ、そうなんだ……あはは」

僕は、ちょっと斜めにずれてたケツメイシのCDを、アユのとぴったり重ね直したり、なんか、そんなことをしていた。


引っ越し屋のトラックの助手席には、洋輔のお父さん。お兄さんと洋輔は、お母さんが運転する乗用車に乗り込んだ。

「……んじゃ。まあ近いうちに、メールするわ」

そういって洋輔は軽く手を振り、ほんの十メートルくらい走った辺りで手を引っ込め、窓を閉め、そのまま真っ直ぐ、畑の間の一本道を遠ざかっていった。

僕もメールするよー、とかいって、CDを大きく振りながら追いかける、みたいなパターンも頭の中にはあったんだけど、なんかそれをするにはイマイチ、盛り上がりに欠ける別れだった。

遠くに見える次の次の信号に洋輔たちの車は引っかかり、やがてそこが青になり、再び走り出したところで、僕も見送りを終わりにした。

残ったのは、洋輔との思い出を何一つ象徴していない、二枚のCD。ケースを開けてみると、なんと、ケツメイシの中身はサザンオールスターズにすり替わっていた。

どうすんだ、これ。

とりあえず家に帰った。洋輔んちからは、さっきの道を反対に歩いて五分くらい。ついでにいっとくと、ウチから最寄りの駅まではチャリで十分、学校までは十五分くらい。レンタルCDとかがある繁華街までは、死ぬ気で漕げば二十分ジャストでいける。

「ただいま」

二階に上がって、まあいわれた通り聴いてみるか、と思ってたんだけど、お母さんに呼び止められた。

「ああ宏伸《ひろのぶ》、ちょうどよかったわ。お祖父《じい》ちゃんとこいって、あれ、直してもらってきて」

お母さんが指差したのは、台所のテーブルに載っている電子レンジだ。すでに電源コードも抜かれていて、横っちょに束ねてある。

「……今すぐ？」

「うん、できれば。上手《うま》く直れば、夕飯の支度に間に合うでしょ。今日、グラタン作ろうと思ってんだから。あんたの好きな」

僕がグラタンを好きだったのは、もうだいぶ昔の話だ。せいぜい小学校の低学年頃まで。さすがに中三ともなると、もっとガッツリいける肉系の方が全然嬉しい。でも、今それをいっても仕方がない。

「分かった……いくよ」

ＣＤをテーブルに置き、代わりに僕は電子レンジを持ち上げた。けっこう重たい。けど、どうにもならないほどではない。それよりかこの、全体にベタつく手触りの方が気になる。

「よろしくね。頼んだわよ」

どうやら、自転車に載せるのを手伝ってはくれないらしい。


なんとか荷台に括《くく》りつけて走り出した。車に追い抜かれたり、アスファルトがボコボコになってるところでは少々危険を感じたけど、特に事故を起こすこともなく、レンジが脱落することもなく、僕は無事、目的地に到着した。

我が家で俗に「お祖父ちゃんとこ」といわれているここは、一応は「お店」である。

正式名称は「リサイクルショップ竹中《たけなか》」。

なんでも昔は鉄工所をやっていたのだけど、不景気だかなんだかでやっていくのが嫌になって、でも道具はいろいろそろってるし、お祖父ちゃんは機械いじりも好きだったから、廃品を集めてきて綺麗にして、必要があれば修理もして、また売る、という店を始めたのだそうだ。ちなみに「リサイクルショップ」を名乗るようになったのはつい最近。確か僕が中学に入った頃だ。前はみんな「廃品回収」とか「ゴミ屋」って呼んでた。決してカッコいい呼び名ではないけれど、そっちの方がしっくりきていたのは事実。そのイメージ自体は、はっきりいって今もそんなに変わっていない。

「こんちは」

自転車に乗ったまま、昔は作業場、今は廃品の置き場も兼ねている奥の建物を覗《のぞ》く。暗いし、特に音もしてこない。こっちにはいないみたいだ。

隣の建物に移動する。こっちは昔の事務所。今は売り場になっている。

「こんちは。お祖父ちゃん、いる？」

修理されて、外見も綺麗になった家電がいろいろ並んでいる。テレビ、冷蔵庫、洗濯機、パソコンもある。蓄音機とか、ダイヤル式の黒電話とかもある。やっぱり、普通の電器屋さんとはちょっと違う品ぞろえだ。

返事がないので、自転車のスタンドを立てて中に入る。

「お祖父ちゃん、いないの？」

いや、いた。売り場の奥。衝立《ついたて》の向こうに、黒い靴下の足が見えている。ついでに爪先の穴から飛び出した親指も見えている。

「お祖父ちゃん……ちょっと、修理頼みたいんだけど」

奥までいってみる。お祖父ちゃんは、衝立の陰に置いたソファで昼寝をしていた。ずれたメガネ。大きく開いた口。総入れ歯。すぐ近くの床にはばらけた新聞。扇風機の風にハタハタしている。

なんか死体みたいだな、と思った途端、「ふごっ」とイビキを掻《か》く。でもそれっきり。また死んじゃった。

「ねえ、お祖父ちゃん、修理、頼みたいんだけど」

作業ズボンの膝の辺りを揺すってみる。細い骨の感触。

「……ん……あ」

ちょっと生き返った。もう少し揺すると、ようやく目を開けた。

「ん……おっ……ああ、すんません、すんません」

誰かと勘違いしてるらしい。でもメガネを定位置に戻すと、急にその愛想笑いは消えた。

「……なんだ、宏伸か」

よいしょ、あいたた、といいながら体を起こそうとする。僕は握手みたいにして、関節を痛めない程度に引っ張って、起きるのを助けてあげた。

お祖父ちゃんは座り直してひと息つき、ランニングシャツのお腹をぼりぼり掻きながら
「今、何時だ」と訊いた。

「十一時半。もうすぐお昼」

「ん……十一時……あっ」

急に慌《あわ》てた様子で、壁に貼ったお相撲さんカレンダーの方を向く。

「今日、何日だ」

「二十六日。六月の」

「何曜日だ」

「土曜日」

もう一度メガネを直して、じっと目を凝らす。

「二十六日……ああ、そうか……じゃあ、まだいいか」

何がいいのかはよく分からなかったけど、お祖父ちゃんは納得した様子で立ち上がった。

また「よいしょ、あいたた」といいながら。

「なんだ……お前、またパソコン、ねだりにきたのか」

パソコンは数少ない人気商品の一つなので、孫とはいえタダでは譲ってもらえない。僕自身はこれからも、粘り強く交渉を続けていくつもりではいるけれど。

「違うよ。電子レンジの修理を頼みにきたの」

「そうか……靖子《やすこ》の遣いか」

ちなみにこのお祖父ちゃんは、お母さんのお父さん。母方の祖父ってやつだ。お祖母《ばあ》ちゃんはだいぶ前に亡くなった。お父さんの方のお祖父ちゃんお祖母ちゃんは元気だけど、四国にいるから滅多《めった》に会わない。

「どれ、見てやろう」

お祖父ちゃんと外に出る。曇っているせいか、今日はけっこう涼しい。

「ああ、これな……じゃ、奥に運べ」

「分かった」

自転車のまま作業場に持って入る。

入って右手には作業台がある。照明もけっこう明るいのがあって、ハンダゴテとか、ドライバーとか、溶接の機械とか、いろんなものがごちゃごちゃと載っている。向かいの壁には、どっかの冬山のパノラマ写真が飾ってある。

「せーの、でな……いっせーの」

「せっ」

作業台にレンジを載せると、お祖父ちゃんは早速、フタを開けて中を見始めた。

「じゃあ、僕、帰るよ」

「待て」

えー、なんでだよ。

「中は、特にどうもなってなさそうだ。もしコードの断線だったら、すぐ直る。今やってやるから、ちょっと待っとけ」

それからお祖父ちゃんは、確か前に「テスター」とかいってた機械を持ってきて、それを繋《つな》いで何か調べ始めた。

僕は、ちょっと憂鬱《ゆううつ》になった。

お祖父ちゃんの「すぐ」「ちょっと」は、実はどれくらいかよく分からない。ほんの五分くらいのときもあるけれど、二時間である場合もある。でもそれは、三十分とか一時間の段階では分からないわけで。待てといわれてしまったら、黙って待つほかない。

こういうの、ちょっと不思議に思われるかもしれない。今どきの中学生が、お祖父ちゃんなんかに、なぜここまで従順なのか。

それはズバリ、このお祖父ちゃんが、たまにとんでもないお宝を僕にくれることがあるからだ。小学校のときから、僕はマイテレビ、マイビデオデッキ、マイステレオコンポを持っていた。どれも型は古めだったけど、充分動くものばかりだった。最近はDVDプレイヤーと、デジカメをもらった。いま狙ってるのは、だから、パソコン。デスクトップでもノートでも、なんでもいい。ただこれには、非常に強力なライバルがいて――。

「……おーい、ジイちゃん、メシにすっぞ、メーシ」

噂をすればなんとやら。従姉《いとこ》の温子《あつこ》さん。僕は「あっちゃん」って呼んでる。作業場の裏手にある住まいに、伯父さん伯母さん、お姉さんの祥子《しょうこ》さんと、このお祖父ちゃんの五人で暮らしてる。

あっちゃんは、すぐそこに保管されている富士通のノートパソコンの修理が終わるのを、今日か明日かと待ち続けている。

「おお……ちょっと待っとけ。今これ、調べてっから」

「ラーメンだぞ。伸びちまうぞ」

「だから、ちょっとだ。ちょっと待っとけ」

「待てねーよ。もう茹《ゆ》でちまったんだよ」

あっちゃんは、言葉遣いはこんなだけど、でも、ちゃんと見ると、すごい美人なんだ。

僕の六コ上だから、もう二十一歳だけど、十代の頃からお酒が好きで、タバコもぱかぱか吸ってて。あと、ギャンブルが大得意で。ここの店番してるときなんか、昼間っからビール飲みながら、タバコ吹かしながら、パイプ椅子に腰掛けて、大股開いて競馬新聞読んでる。うん、オヤジ。やってることはすっごいオヤジ臭いんだけど、でもそういうこと全部差し引いて、見た目だけで判断すれば、あっちゃんはチョーが付くくらいイケてる。

なんていったらいいんだろう。目も、バチッと大きくて、鼻もすっと高くて。ちょっと厚めの唇には、いつも真っ赤な口紅を塗ってる。去年くらいまではボサボサの金髪だったけど、今は普通のロングで茶髪。僕は、今の方が全然いいと思う。

「じゃ、あたし戻るよ。……ジジイ、伝えたかんな。ラーメン、できてっからな。あとできて伸びてっからってボケた怨《うら》み言《ごと》いうんじゃねーぞ。……あ、宏伸。いたの」

「うん、お邪魔してます」

お辞儀をすると、ピッと二本指を立てて「うっす」とやる。

「お前も、その遠くなった耳の近くでいってやってくれ。早くしねえとラーメン伸びるぞって……あ、そうだ。叔母ちゃんにこの前もらったクサヤ、あれメチャメチャ美味《うま》かった。ご馳走さん、またちょうだいね、っていっといて……じゃあな」

またピッと二本指を立てて、あっちゃんは去っていった。裏手に住んでるといっても、この作業場は通り抜けできるようにはなってないので、また道をぐるっと回って帰らなきゃいけないんだけど。

僕があっちゃんの後ろ姿を見送っていると、お祖父ちゃんがボソッといった。

「……なんで、あんな男女みてえに、なっちまったかな……祥子は、大人しくていい子なのに」

祥子さんは今、隣町の小学校の先生をやっている。

「挙句《あげく》に、なんだ……あの、猿回しの猿みてえな踊りは。初めて見たとき、俺ぁ、気でも狂ったのかと思ったぜ」

ブレイクダンスのことね。でもお祖父ちゃん、それもうあっちゃんやってないよ。飽きたっていってたよ。

「宏伸。お前は、あんなふうになるんじゃねえぞ」

あっちゃんみたいになっちゃった僕って、どんなんだろう。

「そういう言い方、しない方がいいよ。あっちゃん、可哀相だよ」

「何が可哀相なもんか」

「可哀相だよ。それにあっちゃん……僕には優しいし、けっこう、カッコいいと思うよ」

お祖父ちゃんは、ペッと地面に痰を吐き、またすぐテスターに目を戻した。

「どこがカッコいいか、あんなのの……え？」

どこがって改めて訊かれると、ちょっと困る。外見とか、そういうこととはまた違った何かなんだけど、上手く言葉では表現できない。全体的な雰囲気っていうか、ノリっていうか。でもそれじゃ、あんまり説明になってない。

「うーん、なんていうのかな……こう、なんか……ああ、つまり、自由っていうか……そう。自由な感じが、なんか、カッコいいなって、思うよ」

お祖父ちゃんは「なんだそりゃ」といったきり、作業に熱が入ってきたのか口を利かなくなった。

僕は僕で、自分がいったことを心の中で繰り返し呟《つぶや》いていた。

自由。自由って、カッコいい。

そう思っちゃう僕ってつまり、あんまり、自由じゃないのかな。

2

目が覚めた途端、憂鬱になった。

カーテンを開けるまでもなく分かった。

雨が、降っている。

梅雨が明けてないんだから当たり前、っていえばそうなんだけど、でもだからって、この憂鬱が綺麗さっぱり消えてなくなるわけじゃない。

雨は、確実に降っている。そしてその悪意に打ち勝つ術《すべ》を、僕は何一つ持っていない。

「……おはよう」

下に下りると、お父さんがちょうど出かけるところだった。玄関に腰掛けて、靴紐を結ぶスーツの背中。その斜め後ろには、エプロン姿のお母さん。

ねえ、学校まで乗っけてってって。そういえたら、どんなに楽だろう。

いや、何度かいってみたことはあった。でもそのたびに、マシンガンの如きダメ出しの連射を喰らった。

車で学校ってお前、何様のつもりだ。そもそも方向が正反対だ。お前を送っていったら、今度は俺が会社に遅刻する。百歩譲って、その分早めに出発するとして、だがそうなると、いつもより四十分は早く起きる必要が出てくる。お前、起きられるのか？　明日は雨になりそうだからって、目覚ましを四十分前にセットして、同じだけ早く起きるよう俺にいって。そういう準備までお前、前日にちゃんとできるのか？

すみません。できません。

「……いってくる」

「いってらっしゃい」

僕も一応「いってらっしゃい」っていった。聞こえなかったと思うけど。

「……あら、宏伸、いたの。おはよう」

あーあ。僕って、存在感薄いのかな。

学校まではチャリで十五分。残念ながら、傘を差してその距離を走破するガッツは、僕にはない。合羽《かっぱ》を着るって手もなくはないけど、この季節にそれをやったら、学校に着く頃には汗でびしょ濡れになっている。それじゃ、あんまり意味ない。近くにバスは通ってないし、駅まではチャリでも十分かかる。どっちにしろ無事ではすまない。

一番現実的な交通手段は、徒歩。三十分以上。

そんな距離も、今までは洋輔が一緒だったからよかった。退屈も憂鬱も何もかも、洋輔が帳消しにしてくれていた。

しかし、その洋輔はもう、この町にいない。

「宏伸、早く食べなさいよ。歩きなんでしょ？　遅刻するわよ」

分かってます。分かってるんですけど――。

とそのとき、ふいに玄関の呼び鈴が鳴った。

誰かしら、といいながらお母さんが玄関に出ていく。町内の誰かだろうか。こんな朝っぱらから訪ねてくるなんて、何の用だろう。

「……あら、あっちゃん。どうしたの」

いや、町内の人じゃなかった。

「あーざいやーす」

うん。確かにあっちゃんだ。

「ねえ、宏伸まだいる？」

うん、いるいる。

「ええ……いるけど、なに？」

「あたし、これから東京いくんだけど、車だからさ、なんだったら、学校まで乗っけてってやろうかなって思って」

ヤッターッ、と思った瞬間、すぽっ、とトーストが喉に詰まった。完全に気道が塞がり、息もできなくなったけど、それでも僕は玄関に急いだ。

あっちゃん。やっぱり、あなたは素敵です。


「いや、ほんと助かったよ。すごい嬉しいよ。お父さん、絶対送ってなんてくれないから」

あっちゃんは今日も朝からバッチリメイクで、髪は後頭部できつくひっつめてある。ちなみに車はお祖父ちゃんの、軽のワンボックス。

「だろうな。叔父さん、その辺ガチだしな」

BGMはヒップホップ。喋《しゃべ》るには、ちょっと声を大きめにする必要がある。

「東京、何しにいくの?」

「ああ……なんか、博物館に預けてある、ジイちゃんの知り合いの荷物を、引き取りにいくんだ」

博物館?

「なんでそれ、あっちゃんがいくの」

「あのジジイ、二日酔いで立てねえから、あたしにいってくれって。ゆうべ、商工会の連中と吐くまで飲んだらしくて……まったく、年を考えろってんだよ。テメエの年をよ」

ふーん。

「でもあっちゃん、それ、よく承知したね」

そう自分でいって、僕は自分でピーンときてしまった。

「あっ、あっちゃん、まさか……パソコン」

片方だけ、真っ赤な唇が吊り上がる。

「へっへっへ……すまねえな。あの富士通はあたしのもんだ」

く、悔しい。そうか。そういうことか――。

なんか、この車に乗ってるのが急に虚《むな》しくなってきた。でもすぐに、もしかしたらあっちゃんは、それがあったから、わざわざ僕を迎えにきて、学校まで送るっていってくれたのかも、と思い直した。

うーん。非常に、複雑な気分です。


お陰さまでというかなんというか、僕は濡れることも遅刻することもなく、無事学校までくることができた。

で、一時間目は学活。司会はクラス委員の三好。議題は、卒業記念イベントについて。学年で何かやるのか、それとも四つのクラスが別々に何かやるのか。学年だったら何か、クラス別だったら何か。現段階では、そういう話し合いだった。

「今週中にはアイデア出してもらって、一学期中に決めてしまわないと、ほんとに間に合わなくなるんで、みんな、真面目に考えてください」

英語劇、って誰かがいったけど、そういうのは文化祭でやってください、と三好が一蹴した。フォークダンスは、窓際の女子が一斉に「キモーい」とダメ出し。

「他に、何かないですか」

すると、僕の右前に座ってる明《あきら》が「ハイッ」と手を挙げた。

「はい、柴田《しばた》くん」

「はぁい……えっとぉ、ノロブーにぃ、ブレイクダンス踊ってもらうってのは、どっすかぁ」

え？

「……ちょっと、明ッ」

僕らがいるのは、教室のほぼ真ん中辺り。後ろの方は分かんないけど、前半分に座ってる奴らは、ちらっとこっちに耳を向けただけで、それ以上のリアクションは特に示さなかった。テスト中みたいな静けさが、数秒間、教室を支配する。

いっそ、みんなで笑ってくれたらよかった。じゃなければ「フザケんな」って、誰かがツッコミを入れるとか。あるいはもう一度、「キモーい」って、女子がいうとか。

でも実際は、みんな黙ってた。

誰も、なんにも、反応しなかった。

三好が二回くらい、大きく息を吸うのが見えた。

「あの……そういう、個人芸、困るんで」

するとすかさず、明がこっちを向く。

「……ノロブー、ダメじゃねーか。みんな引いちまったじゃねーかよ」

ぺちっ、と僕の頭を叩いて、大きく口を開けて笑う。

えへへ、と頭を掻く、僕。


二時間目の理科、続く数学も、保体も、要するに午前中ずーっと、僕は上の空になってたんだと思う。

洋輔の不在が、初めて現実のものとして、僕の両肩に、重く伸《の》し掛かってきている。

僕と「ブレイクダンス」は、決して根も葉もないネタではなかった。もともとは僕が、ちょっとだけあっちゃんから習って、それを洋輔に見せたら、異様にウケちゃって。それを洋輔が学校でもやれやれっていうから、一時期は、けっこう得意になってやってたのだ。

洋輔が携帯で、って本当は学校には持ち込み禁止なんだけど、でもそれで、適当にヒップホップの曲を流して。さらにMCみたいな感じで、周りを煽《あお》って。手拍子とかもさせて。そんで僕に、ほら、みたいに合図して。

ちょっと自己マンかもしんないけど、でもあのときは、自分でもびっくりするくらい、上手く踊れたんだ。ノリノリでステップ踏んで、両手で交互に体を支えてクルクル回って、最後に片手でピタッと止まって。ほんと、僕が僕じゃなくなったみたいに、上手くやれたんだ。

今だって、やれっていわれたら、たぶんできる。ステップも、回るのも、止まるのも。あっちゃんに習ったパターン一つだけだけど、同じことなら、同じようにできる。

でも、もうあの頃みたいに楽しくはできない。この教室には、洋輔がいないから。

分かってる。ほんとはみんな、僕のダンスになんてそんなに興味なかったんだ。ただ、洋輔が上手かったんだ。みんなを煽って、僕をその気にさせて、踊らせてた。

あれは、ほんのいっときの流行《はや》りだった。もともと、それっぽい空気になったときに、絶妙のタイミングで洋輔が始めるから成立してた、瞬間芸みたいなものだった。洋輔が動かなきゃ、僕だってやらない。周りだって期待しない。そういうものだった。

なのに、明。あいつは——。

ごく大雑把《おおざっぱ》にいえば、洋輔と明は似ていた。勉強よりはスポーツって感じで、ひょうきんで、二人ともクラスでは目立ってた。でも僕にいわせれば、すべての面において明は野暮《やぼ》ったいっていうか、はっきりいってダサかった。洋輔の方がイケてて、おしゃれな感じがした。わざとカッコ悪いこともするのに、それがいちいち様になってた。洋輔は。

明も分かってたはずだ。洋輔の方がイケてるって。

そう、分かってていったんだ。あいつは。

僕のブレイクダンスなんて、もうみんな忘れちゃってることを。洋輔がいないと、僕が上手く踊れないことを。それなのに、わざと学活でいったんだ。みんなが引くことを承知の上で。

そもそも、僕を「ノロブー」って呼び始めたのは明だった。

三年の一学期の初めに、テニス部の藤井《ふじい》って奴が、「おーい、ヒノロブー」って間違えて僕を呼んじゃって。藤井は全然悪気なかったみたいだけど、明は「ヒノロブ……ちょーウケる」とかいって大笑いした。その日から明は、僕を「ヒノロブ」って呼ぶようになって、何日かしたら「ノロブー」に変化して。それが、なんか流行っちゃって、クラスで定着してしまった。

初め、洋輔は「やめろよ」っていってくれたんだ。

「……宏伸は、別にノロくねーだろ」

「ハァ？　なにいってんすかァ、洋輔さん」

「ノロブーっていうの、やめろっつってんだよ」

「ハイィ？　オメーだって、ノロブーっていってんじゃねえか」

「いわねえよ。宏伸っていってるよ」

「いったよ今。ヒノロブって」

「宏伸っていってんだろ」

「ヒノロブって聞こえっぞ。もういっぺんいってみ。ヒノロブって」

「ザッケんなテメェッ」

マジで殴り合いの喧嘩になった。悔しいけど、喧嘩は明の方が強かった。いや、強いっていうか、卑怯《ひきよう》なんだ。

平気で相手の目に指突っ込んでくるし、凶器だって躊躇《ちゆうちよ》なく使う。二人が床に転がって、近くの机にぶつかって、床に筆箱が落ちて。その散らばったものの中から、明はシャーペンをつかみ出して、それで洋輔を刺そうとした。

みんなで止めた。僕も止めた。

そのとき明は、僕を睨《にら》んだ。

僕を睨んで、いったんだ。

他人にやらしてねーで、自分でこいよ、ノロブー、って。


昼休みも、つまんなかった。いつも話す連中とも、なんとなく喋んなかった。周りと僕を繋いでいた糸が、いっぺんに切れてしまったみたいな。なんか、そんな感じがした。

五時間目は社会。公民だった。六時間目は美術。風景画の仕上げだった。で、当番だったから、美術室の掃除をして、それから教室に戻った。

そうしたら、三好がいた。

「……ノロブー、今月の分、撮った？」

写真部員は、毎月最低五枚は自分で撮った写真を提出することになっている。市内で、まめにいい風景を見つけて撮ってくる人もいれば、鉄道専門ってのもいる。テーマはフリーで、友達を撮ったり、猫を撮ったり、花を撮ったりしてる人もいる。僕は、強《し》いていえばノン・テーマ系、だろうか。

「いや、今月は……まだ、あんまいいの、撮れてない」

「見して、デジカメ」

「え？」

今まで、一度だってそんなこと、いったことなかったじゃない。

「そんな……何、いきなり」

「本人はいいと思ってなくても、他人が見たら案外いいってこと、あるじゃない」

いや、そういう、感性云々《うんぬん》を語るような写真は、一切撮ってないんですけど。

「それとも、女子のパンチラとか、着替えとか、そういうのが入ってるわけ」

「ばっ……そっ、そんなの」

「だったら見せなさいよ」

盗撮してないならデジカメ見せろ、って。そういうのをあたかも正論のように聞かせる力って、逆にすごいなって思う。僕には真似できない。

「ほら、早く」

「ああ、うん……」

仕方なく、自前のデジカメを渡す。ちょい古めの、けっこう重くてごっついやつ。お祖父ちゃんが修理仕事をしてるときの、後ろ姿の写真を見せる。

「……へえ、いいじゃない。光の感じとか、けっこう渋い」

「たまたま、暗くなっちゃっただけだよ」

あっ、ちょっと、勝手に弄《いじ》んないでよ。

「あ、この人、イトコのお姉さんね。洋輔がいってた」

え、洋輔が、なんて？

「ほんとだ。ちょーキレイ……モデルみたい」

「ん、うん……口、悪いけど」

だから、勝手に次に進まないでってば。プライバシーの侵害だよ。

「ああ、これ……洋輔の部屋ね」

「そ、そう……片づける前に、一応、撮っといた」

っていうか三好、洋輔の部屋、いったことあるんだ。

「あは、ここ……『鋼《はがね》の錬金術師』」

三好は、まるで懐かしむような眼差《まなざ》しで、洋輔の部屋を見つめた。デジカメの、小さなデイスプレイの隅々まで、じっくりと。ゆっくりと。

その口元にはいつのまにか、柔らかな笑みが浮かんでいた。

ピンク色の頬が、幸せそうな丸みを帯びる。

あれ？　なんだろう。

こんな三好、僕、今まで見たことなかった。なんていうか、すごく女っぽい気がする。ひょっとして三好って、実はけっこう綺麗なのかもって、そんな錯覚すら起こしそうだ。

髪を掻きあげる仕草も、いつもとはちょっと、違ったふうに見える。

「……洋輔、なんかいってた？」

声も、そういえばなんか、大人っぽいような。

「え、あ、いや……別に、何も……うん」

むろん僕の脳裏には、「奈々恵とは、ちゃんと別れた」っていう、あの洋輔の台詞が、エコー付きで繰り返されている。

「そう……あたしも。最後はあんまり大した話、できなかった」

「最後って……いつ？」

「土曜日の朝。今日、昼頃にいくからって……そんだけ」

ちゃんとした別れって、そういうものなのか——。

あんまり気に入ったのないから、今日は外に撮りにいくっていって、学校を出た。

そうはいっても、心当たりもなければ、撮りたいものも特になかった。

幸い雨はあがっていた。学校のある高台から、長い坂道を下りていく。それとなく見渡してみるけれど、目ぼしい被写体はこれといって見つけられない。

ピーナッツ畑。いまさら、そんなもん撮ってどうすんの。

建築途中の家。そういうのは、建ててる人が撮るもんでしょ。

うちの生徒なら、誰もが一度はいったことのあるパン屋。曲がり角にあるから、カドヤ。でも本当の名前は、マルフジ。こんな見慣れた店でも、アングルを色々試したら、違う見え方になったりするのかな。

下りきって、いつもとは反対方向に進んでみた。

しばらくいくと、住宅街に入った。余計つまんなくなっちゃったな、と思った途端、なんか変な臭いが漂ってきた。ちょっとキツめの雑巾臭、といったらいいだろうか。

そうだ。この近くにゴミ屋敷があるって、確か誰かがいってたな。

それは探すまでもなく、もう二十メートルくらい歩いて、道に面したすぐ左手にあった。

建物自体は、古めの木造一軒家だった。二階辺りの外壁の木は真っ黒に煤《すす》けていて、屋根瓦なんかも、こっち斜面は三分の一くらい落ちてなくなっている。窓ガラスもない。プラスチックのスダレが、バラバラになったままぶら下がっている。一階のこっち側には軒があって、でもその下は、出入りなんて絶対に不可能なくらい、廃品で埋め尽くされている。

灰色の洗濯機、画面の割れたテレビ、錆びた手提げ金庫、溶けた段ボール箱。何十個も積み上げられたビニール袋の中には、用済みになった生活雑貨が、複雑に絡まり合いながら、交じり合いながら、役に立っていた頃の記憶なんてすっかり失くして、帰る場所もなく、ただ嫌われ者の砦《とりで》としての、余生を送っている。

その中に、お腹の丸く膨れた、セルロイドの赤ちゃん人形が入っていた。逆さま斜めになって、肩でもはずれているのか、変な形のバンザイをしている。

それでも、赤ちゃんは笑っていた。

無性に腹が立った。

僕は必死で否定した。

僕は、僕は、お前になんて、全然似てない。

3

月末の締め切りぎりぎりになって、ようやく僕は、部長に写真を提出した。

「何これ」

「……ゴミ屋敷……の、ゴミ」

自嘲の意味を込めて撮ったセルロイド人形。でも見方によっては可愛い、とかいわれる可能性も――。

「キモい。っていうか、単純に汚い」

「……す、すみません」

一枚めくる。ゴミ屋敷、全景。

「だから、もういいってばここは」

「いや、でもなんか……そこはかとない、哀愁とか」

三好、よくいうじゃない。そういうこと。

「ないね。そういう雰囲気を出すには、色も光もアングルも単調すぎ。全然ダメ。これじゃ単なる記録だよ。ボツ。撮り直し」

げー、マジですか。

「たとえば……」

三好は自分のカバンから、わりと大きな封筒を抜き出した。

「これ、見てみなよ」

中から出てきたのは、A4サイズでプリントした鉄道写真。たぶん、杉井《すぎい》って二年生部員が撮ったやつだ。

「分かるでしょ」

「え、何が？」

「違いが。ノロブーの写真との違いが」

えーと、違い、と申しますと。

「……ちょっと、勘弁してよ。一目瞭然でしょう。杉井の、鉄道を好きだっていう気持ちが、この写真には色濃く表われてるでしょう」

えー、分かんないよそんなの。

「あ、そ……そう、ね」

「ノロブー、このゴミ屋敷、好き？」

まさか。ぷるぷるっと、首を二往復。

「じゃあ、赤ちゃん人形は？」

もう一度、ぷるぷる。

「ね。だからダメなんだよ。そりゃね、いるよ、廃墟の写真とか撮る人。こういうゴミを撮る人だっているかもしれない。でも、そういうのって基本的に、被写体に魅力を感じてる場合でしょ。ゴミだって廃墟だって、それを〝美しい〟って思わなきゃ。少なくとも撮ってる本人は。っていうかそもそも、この美しさを伝えたい、って思いがあるから撮るわけでさ。

日頃は汚いなって思うような、廃墟とかゴミだけど、こういう見方をしたら、こういう撮り方をしたら、全然違って見えるでしょ、すごく綺麗なんだよ、とか。そういう、表現したい気持ちみたいなのが最初にあって、撮るもんでしょ。こういうもんは」

ああ、そうなんですか。

「ノロブーのこれが汚いの、当たり前だよ。だって、ノロブーがこれ、嫌いなんだから。汚いと思ってるんだから。だから汚いんだよ、写真も……」

また一枚めくる。この前カメラに入ってる状態で見せた、お祖父ちゃんの後ろ姿。

「ほら、こっちはいいじゃない。お祖父さんに対する、敬意とか愛情が、ちゃんと写真に表われてる」

えー、うっそだァ。

「……それはさ、三好が僕の家庭事情を知ってるから、だから、そう見えてるだけじゃないの？」

「なに、家庭事情って」

「たとえば……僕のデジカメ、お祖父ちゃんからもらったもんだとかさ、そういうこと知ってるから、そう思うだけじゃないの」

「違うわよ。誰が見たって、こっちの写真の方がいいと思うわよ」

そりゃね。一応、生きた人間ですから。ゴミよりはいいでしょうけど。

「ほらほら、イトコのお姉さんだって、すごい綺麗に撮れてる」

「それもさ……本人が美人なだけであって」

「違うって。あたしがいってんのは、写真の綺麗さだってば」

「だから、本人が綺麗なら……」

「それが違うんだっつーの。ノロブーがお姉さんに愛情を感じてるから、それが写真に表われるから、結果として写真が綺麗になるんだってば」

「ちょっとッ」

思わず、辺りを見回した。

四畳半しかない部室。パソコンとプリンターが二台ずつ。あとは、写真を切ったり貼ったりする作業台と、スチール棚。それだけ置いたら、もう全部員がいっぺんに入るのは絶対に無理だから、ドアは常に開けっぱなし。話は廊下にすべて筒抜けになる。おまけに三好、すごい声大きいし。

「……変な言い方しないでよ」

外の二年生部員、みんなこっち見てるじゃない。

「変って、何が」

「だから……愛情とか、お姉さんとか」

三好が、カクッと首を傾ける。

「ハァ？　ノロブー、なにヤラしいこと考えてんの。あんたがそういうこと考えてるから、そういうふうに聞こえるだけでしょ。あたしがいったこと、そんなふうに解釈する人いないよ」

ねえ？　と外の部員に同意を求める。

二年生、特に女子二人、大きく頷く。お前ら——。

っていうか、なんなの三好。その、異様なまでの説得力。

今月はこれを受け取っとくけど、来月はもうちょっと真面目にやってよね——って、仮にも認めたくせに、

「罰として、職員室いって、先生に部費の精算申請書、三枚もらってきて」

罰ってなんだよ、罰って。下級生、みんな笑ってたじゃないか。

「三枚だからね、ノロブー」

「分かったよ。三枚でしょ」

まったく。なんなんだよ、この仕打ち。

うちの部は、三年が三好と僕と、あと内田《うちだ》っていう男子が一人の、計三人。副部長は内田になってもらった。お陰で僕は無役。

二年生は杉井と、あと女子が二人。この二年女子二人が会計と庶務ってことになってるけ

ど、実務はほとんど三好がやってる。来年大丈夫かしら、とかボヤくくらいだったら、今から二年にちゃんとやらせりゃいいのに。なんなんですか、あなたのその、無限のやる気は。

一年生は一人。五十嵐《いがらし》って女子。すげー暗い。ちょっと怖い。

あーあ。下級生四人もいるのに、なんでいまだに僕がパシリなのかな。やだな、こういうの。

なんて思いながら廊下を歩いてたら、

「おう、ノロブー。相変わらず元気ねえな」

階段の前でフォークギターを弾いてた、エディに声をかけられた。あだ名の由来はよく知らない。本名は津本敬太《つもとけいた》っていうんだけど。

「なに……相変わらずって」

「相変わらずっていうか、ここんとこ。最近。洋輔が転校したからってお前、ちょっと落ち込みすぎじゃね？」

ちなみに洋輔は少しギターもできたから、このエディとはそれなりに仲が良かった。たまに廊下で、二人で「ゆず」とかやってた。それがまた、けっこう上手かったりした。

「いや、別に、今は、そういうんじゃないよ」

「あっそう……ならいいけどさ」

ジャラリン、と弦をひと掻き。

放課後の廊下にやたらと似合う、切ない音色。

「俺は、寂しいぜ……洋輔がいなくなってよ、一緒に唄う奴がいなくなって、寂しいぜ俺はッ」

ジャカジャーン——。

ちょうど階段を上ってきた女子が、「エディ、うるさい」とヤジって過ぎていく。エディはへらへらっと笑い、

「じゃあ、静かめのを一曲……」

定番の『禁じられた遊び』を弾き始める。

なんとなく、僕は丸々一曲弾き終わるまで聴いてしまった。

エディ。君も、案外自由だね。

ぶらぶらと職員室までいき、僕らのクラスの担任であり、写真部の顧問でもある谷村百恵《たにむらももえ》先生に、部費の精算申請書をお願いした。

「三枚ください」

「え、三枚も？」

谷村先生は若い。まだ二十代後半くらいだ。ちょっとウサギみたいな顔をしている。可愛いというよりは、愛嬌のあるタイプ。

「三枚も、何に使ったのかしら」

「たぶん、写真の用紙代と、プリンターの修理費と、インクカセット代だと思います」

「あらそう……」

引き出しから、ザラ紙で作った部費の精算申請書を出す。それに今日の日付けと、部の名前を書き入れる。先生の名前はあらかじめスタンプで押してあった。

「ありがとうございます」

お辞儀をしていこうとしたら、

「あの、内藤《ないとう》くん……」

心配そうな顔つきで、先生は僕の両目を覗き込んできた。

「はい、なんでしょう……」

そのまま、じっと見つめられる。四秒、五秒——。

でも、急に先生はニコッとして、首を横に振った。

「んん……なんでもない。いい写真、いっぱい撮ってね」

はあ。まあ、がんばってはみますけど。


なんとなく校庭を見たくなって、玄関の方に回った。

グラウンドを使っているのはサッカー部と陸上部。野球場は学校から二百メートルくらい離れたところにあるので、野球部はそっちにいっている。

すぐそこのコースでやってるのは、百メートルダッシュかな。

あ、いま一番でゴールしたの、隣のクラスの安藤だ。学年で一番の美人で、洋輔も一時期お気に入りだった、あの安藤エリカだ。

確かに、安藤は可愛い。あの人なら写真に撮りたいかも。まあ、絶対に無理だけど。まともに喋ったことないし。それ考えると、やっぱり洋輔ってすごかったよな。普通に、二人っきりで会話してたもんな。

あ、いまシュートしたの、うちのクラスの木下《きのした》だ。掛け算の九九も怪しいバカなのに、ユニフォーム着てボールを蹴り始めると、ほんと人格変わる。顔つきまで別人みたくなって、すごいカッコよくなる。リフティングとかチョー上手いし。ああいう顔、写真に撮れたらいいのにな。

そう。人物を上手く撮れたらきっと面白いんだろうけど、でもそれって、実はものすごく難しい。

人って、物と違って勝手に撮るわけにはいかないし、仮に撮らせてよって頼んで、いいよっていってくれても、もうそのときにはたいてい僕が撮りたい表情じゃなくなってる。かといって、カメラ構えてから「違うよ、そんな顔じゃない」なんていえないし。いいやその顔で、とか思って撮ったとしても、相手に見せて、えー、全然イケてないじゃん、お前下手じゃん、とかいわれたらかえってヘコむし。

でも、スポーツだったらどうなんだろ。普通に練習しててください、こっちは勝手に撮りますから、みたいな。そういうの、いいんじゃないだろうか。あー、ダメだ。どうせエリカの写真撮りたいだけでしょ、とか、女子の総攻撃に遭うに決まってる。

いや――。

なんか、急に閃《ひらめ》いた。何も、スポーツじゃなくてもいいんだ。

そう、エディなんていいじゃない。けっこう絵になるじゃない。あー、なんで今まで、こういうの気づかなかったんだろう。

僕は廊下を走り、階段を駆け上がり、さっきまでエディがギターを弾いていた辺りに顔を出した。

けど、ちょっと遅かったみたい。

もうそこには、誰もいなかった。

がっくし。せっかくやる気になったのに。

いやいや。何も、エディじゃなきゃダメってわけじゃない。

僕は音楽つながりってことで、そのまま音楽室にいってみた。音楽部？　吹奏楽部？　どっちだっけな。両方あるんだっけな。よく知らないけど、何かしらやってるだろう――っていう僕の考えって、ちょっと甘いのかな。

音楽室、空っぽだった。

部活がないんだったら、ちょっと髪の長い女子が気まぐれに、楽譜も見ないでピアノでショパンを弾いてるとか。そういう場面でもよかったんだけど、ほんと、リアルに無人の空っぽで。せめてグランドピアノだけでもと思ってアングルを探ってはみたんだけど、どこから撮ってもボツボツ穴の壁が入っちゃいそうで、あんまりいい絵は期待できなかった。

じゃあ、美術室はどうだろう。

僕は再び廊下を走り、階段を駆け上がり――。

げェー。うちの学校の文化部、どうなってんの。美術室も空っぽじゃん。美術部、やってないの？　それとも写生大会かなんかで、外でやってるのかな。

むろん、よく見たら奥の方で、ちょっと髪の長い女子が一人で油絵のキャンバスに向かってる、その真剣な横顔は、描いている絵以上に絵になる、なんてこともなかった。ちぇ。せっかくやる気出したのに、これだもんな。やってらんないよ。

仕方なく、ぶらぶら歩いて部室に戻った。

途端、

「……遅い」

いきなり三好に睨まれた。他に部員はいない。もう帰ったのか。

「ノロブーさぁ、職員室いって帰ってくるだけなのに、なんでこんなに何分もかかるのよ」

「ああ、ごめん……なんか、いろいろ……被写体とか、探しながら歩いてたから」

しょうがないな、と三好が、組んでいた腕をほどく。

実は「被写体探し」って、三好を納得させる最強のキーワードだったりする。ちょっとした遅刻とかは、たいていこれで許してもらえる。

「……はい、これ。精算申請書」

「まさか、一枚しかもらってこないなんてヘマは」

「確かめてからいってよ。三枚、ちゃんとあるでしょ」

そこまで僕も、使えなくはありません。

「うん、よし……ご苦労」

早速《さっそく》三好は作業台でボールペンを構え、領収書とかレシートとかを見ながら精算申請書に記入し始めた。

「じゃあ、僕……」

「うん、すぐ終わるから待ってて」

えー、何それ。

なんで僕が、三好とツーショットで帰らなきゃならないの。

「さっき、内田くんともちょっと喋ったんだけど」

しかも、三好は歩きで、僕はチャリ。

これは単なる、個人的偏見なのかもしれないけど、両方が歩いてるより、片一方がチャリを引いてる方が、なんか「二人だけの空間」っぽく見えて嫌なんだよな。恥ずかしいっていうか。

「卒業記念撮影会……みたいなことって、できないかなって、いってたのね」

ほら、いま通り過ぎてったの。D組の、誰だっけ。なんでか知らないけど、ロシア語喋れる奴。あいつ、ちょっと振り返って確認してったじゃない。誰と誰だ、みたいに。

「ノロブーは、どう思う？」

別にいまさら噂とか、そういうのないとは思うけど。でもな、いう奴はいうからな。

「ねえ、ちょっとあんた、人の話聞いてんの？」

うわっ、危ないよ。なんでいきなりタイヤ蹴るの。

「……な、何すんだよ」

「何すんだじゃないでしょ。あたしの話聞いてた？」

「え？……ああ」

「ああ、何よ。聞いてなかったんでしょどうせ」

えーえー。どうせどうせ――。

「すみません。聞いてませんでした」

「まったく……だから、卒業記念撮影会みたいなことできたらいいねって、内田くんと話してたの。ノロブーが職員室からなかなか帰ってこない間に」

「ああ……そうなんだ」

だからッ、なぜ蹴るのさ。

「危ないよ、もお」

「真面目に聞いてよ。この前学活で議題にしたって、結局いいアイデア出なかったでしょ。内田くんとこも全然だったんだって」

内田は隣のクラス。安藤エリカと一緒のB組。

「ノロブーもなんか考えてよ。柴田明におちょくられてるばっかじゃなくて」

それ、ちょっとひどくない？　三好。

「内田くんといってたのは、その撮影会自体が、卒業記念のイベントみたいになったら楽しいんじゃないか、ってことなの」

「でも……卒業写真は、学校がプロを呼んで」

「だから、それとは別にだってば」

「っていうか、なんで卒業記念イベントが、撮影会って話になっちゃってるわけ？」

三好の頬が、ぷくっ、と片方だけ盛り上がる。

あ、ひょっとして怒った？　僕の言い方、トゲあった？

「……別に、そういう話に、なっちゃってるわけじゃないけど」

イジけた？　ヘコんだ？　ヤベ。参ったなちょっと。

「ただあたしは……C組のクラス委員として、写真部の部長として、なんかそういう、イベントを形にして残せたらいいなって、そう思ったからいっただけで……なんか他に意見があんだったらいいなさいよ。あんただってC組の人間で、写真部の部員なんだから」

ああ、よかった。復活した。

「いや、別に、意見はないんだけど……っていうか、撮影のイベント化っていうのが、ちょっと僕には、上手く、イメージできなくて」

「だから、たとえば……ほら、よくあるじゃない。校庭にさ、人文字で校章とか作ってさ、それを航空写真で撮ったり」

うそーん。

「……航空写真は、無理でしょう」

だから、なんでいちいちタイヤを蹴るの。壊れちゃうよ。リサイクル品なんだから。

「今、たとえばっていったでしょーが。うちに航空写真撮る予算がないくらいあたしが一番よく知ってるわよ。だから、そうじゃなくて……別に、撮れれば屋上からだっていいし、上からにこだわらなくたっていいの。ただあたしは、撮影とイベントのミックスっていう、例としていっただけよ」

「ああ、なるほど……」

また怒っちゃったよ。ほんと難しいな、この人。

4

善は急げ、って思ってたはずなのに、なんだかんだ、翌週になってしまった。

月曜の放課後。いつものように廊下でギターを弾いてるエディに声をかけたら、

「……ねえ、エディ。写真撮らしてよ」

「えっ」

いきなりギターを抱き締めて、怒った顔をされた。

「そうやって……結局、脱がすのが目的なんでしょッ」

過剰にヒステリックな、引っくり返ったオカマ声。

もう、君が芸達者なことはよく分かったから。そういう小芝居、いちいちしなくていいよ。

「いや……普通に。いつも通り、弾きながら唄っててくれればいいから」

「全裸で？」

あー。この人、微妙にめんど臭いかも。

ギターを担《かつ》いだエディと、カメラをぶら下げた僕。

「この壁、この廃墟的な質感をバックに……って案外よくね？」

校庭のはずれにある、運動部員がよく使う屋外トイレ。

「いや……廃墟系、ダメ出しされるんだ、僕。そっち系、下手みたいなんだ」

「ダメ出しって、誰に。百恵に？」

そう。けっこう谷村先生を名前で呼び捨てにする生徒は多い。別に馬鹿にしてるとかじゃなくて、あくまでも親しみの表われであるとは思うんだけど。

「いや、三好に」

「うわ……きちーなそれ」

うん。きついんだ、実際。

「そもそもさ、写真部って普段なにやってんの」

「普段？　んーと……月に五枚のノルマがあって、それを部長に提出して、あれがいいとかこれはダメとか、こういうのはもっとこうした方がいいとか、部員同士でアドバイスし合って」

っていうか、僕に対してはほとんど三好が一方的に、だけど。

「年に一冊、写真集作って。出したい人は、コンテストとかにも応募して。あとは、文化祭での展示。主な活動はそんな感じ」

「はあ。それでノロブーは、三好にダメ出し喰らっちゃうと」

「……うん」

「ワンマン部長と、使えないヒラ社員の図だな」

エディ。いま君、決していってはいけないことを、いったね。


で、また別のロケ地を探す。屋上じゃ、なんかつまんない。校庭じゃ、背景に運動部員が入っちゃうし、校舎は、ちょっと雰囲気じゃない。

「ちなみに、ノロブー的には校内がいいわけ」

「いや、別に校内がいいわけじゃないけど、外までいったって大したところないでしょ。この近辺」

カドヤとか、ゴミ屋敷くらいでしょ。

すると、なんだろう。エディは、ちょっと自分の頭の中を覗くみたいに、上目遣いの寄り目をした。

「……今日、月曜か」

「うん。そう」

「明日の夜、ノロブー、暇か」

エディ。君には僕が、夜忙しいタイプに見えるかい？

「……暇っちゃあ、暇だよ。明日、面倒な宿題とかが出なければ」

「おーイェッ」

そしたらいきなり、後頭部に、ガコンッて何か当たった。

「イテッ」

「あ、ワリい」

エディが振り回したギターだった。それをスチャッと構えて、自らも一回転。ポーズ。

「……じゃあ明日の夜、俺たちのリハを、見にきたらいいぜ。ほんで、それを撮ったらいいぜッ」

ジャカジャーン、って、よしなよ。また誰かにうるさいって注意されるよ。

「明日のリハ、って何」

俺たちって誰。

「俺が、先輩たちとやってるバンドのリハーサル。まあ、日本語でいうと、練習だ」

へえ。エディって、そんなこともやってたんだ。

というわけで翌日、僕は珍しく、夜出かけることになった。

「こんな遅くに、何しにいくの」

ちなみに今は八時二十分。

「だから、津本くんのやってるバンドの、練習を見にいくの」

「どこに」

「たぶん、街の方だと思う。スタジオっていってたから」

街って、だから、大きな駅の繁華街のこと。

「あんまり遅くなんないでよ」

「はい」

「宿題とかやったの」

「うん。終わらせた」

「自転車？」

「うん、津本くんちまで。あとは先輩の車だって」

車？　とお母さんは訊き返した。

「何よそれ……なんなの一体。なんでそれが写真部の部活なの」

「だから、それは昨日説明したでしょ。津本くんが演奏してるのを撮影するんだから。立派に部活の一環だよ」

「それは何、宏伸が割り当てられたの？」

「そうじゃないよ。テーマは自由なんだよ……ああ、もう時間だから」

なんかずいぶん心配してるみたいだったけど、僕にだってたまにはこういうこと、あったっていいと思う。

「いってきます」

お母さんはまだゴチャゴチャいってたけど、僕はかまわず玄関を出た。

自転車にまたがり、デジカメを入れたバッグはカゴに。ライトのスイッチを爪先で下ろしたら、勢いよく漕ぎ出す。

家の明かりは、瞬く間に背後へと遠ざかった。あとは真っ暗な畑と、ときどき民家があるだけの寂しい景色。その間の一本道を、一人で進む。この前まで洋輔が住んでいた家の前まできた。もちろん、明かりは一個も点いていない。

僕は少し、複雑な気分でペダルを漕ぎ続けた。

正直にいうと、ちょっと僕の中にも、悪いことをしようとしている感じはあった。友達の家にいくんじゃなくて、繁華街のどこかに、知らない先輩と、しかも車で出かける。そんなの初めてだから、不安がないといったら、それは嘘になる。

よく考えたら僕、エディのことってそんなに知らないんだった。エディが実はとんでもない不良で、それに僕を巻き込もうとしてるとか、そういう可能性だってゼロじゃないわけで。実際、先輩とバンドやってるなんて昨日まで知らなかったし。学校のみんなは知ってるのかな。どうなの、そこんとこ——。

　なんて考えながら漕いでたら、あっというまに着いちゃった。

「よう……何そんなに全力ダッシュしてんだよ」

　エディは、赤いTシャツにジーパンという出で立ちで家の前に立っていた。いつものフォークギターを入れてるのと違う、もっとナイロンっぽい、黒い、細くて薄いギターケースを持っている。それと、取っ手のある黒い箱。

　学校にいるときと、全然雰囲気が違う。なんか大人っぽい。

「いや……なんか」

「幽霊にでも追っかけられたか」

「違うって」

　先輩の車はすぐにきた。白い、大きなワンボックスカーだ。助手席のドアには、緑色の字で「仕出し　京秀」と入っている。漏れ聞こえていたBGMが、ガコォーッと、スライドドアが開くのと同時にボリュームアップする。

「……ちぃーす」

　暗い車内を覗いてエディがいうと、運転席の若い男の人が振り返った。

「ういっす。ほい、乗った乗ったァ」

　さらに後ろの席にもう二人いて、

「ノロブー、先乗んな」

エディに背中を押されたんで、

「あ……お、お邪魔します」

僕はお辞儀をしながら、二列目のシートの奥の方に這っていった。

「うぃー、いらっしゃーい」

エディがドアを閉めると同時に、

「……じゃ、いくぜよ」

出発。さっきから鳴っているのは、よく知らない古いロックだ。

車内は真っ暗。周りは見知らぬ大人。フロントガラスに映る風景は、ヘッドライトに照らし出された、白っぽい夜の住宅街。知っているはずなのに、まったく、別物の眺め。

危険な雰囲気、にわかにマックス――。

でも、

「……あれだって、エディから聞いたんだけど、きみ、温子先輩の従弟《いとこ》なんだって？」

その、運転してる人のひと言で、僕の不安はわりと簡単に解消されてしまった。

「あっ、そ、そうです。竹中温子は、僕の従姉です」

ってていうかエディ、どういう説明したの。撮影のこととか、ちゃんと伝えてくれてんの。

「俺さ、っつか俺たちくらいの代にとってはさ、めちゃめちゃ憧れだったのよ、温子先輩。

チョー美人だし、スタイルいいし、ノリはいいし、遊びで組んだバンドで唄ったりもしてたけど、これがめちゃめちゃカッコいいんだ。スターだったよな。な？　スターだったよな」

後ろにいる二人のうちの一人も、うんうんと頷く。

どうやらこの人たちは、市内にある市立北高校の生徒、及び卒業生らしかった。つまり、全員があっちゃんの後輩。

運転しているのがコンさん、二十歳。僕の真後ろにいるのがタケさん、同じく二十歳。左後ろにいるのがマルさんで、十七歳。ちなみに僕は、できれば北高じゃなくて、県立の東高校にいきたいな、と思っています。

で、やっぱり車だと早いや。そんなメンバー紹介を聞いているうちに着いてしまった。停まったのは、街のはずれにある薄暗い雑居ビルの前。また若干危険な雰囲気がぷり返しそうになったけど、エディ以外もみんな明るい、いい人たちみたいだったので、まあ、なんとか。

そのビルの地下が、いわゆる「スタジオ」というものになっているらしい。ああ、確かに「スタジオ　バッハ」って書いたプレートが壁に貼ってある。

階段を下りていって分厚いドアを開けると、受付があった。中の壁という壁にはロックのポスターや、メンバー募集のチラシがところせましと貼られている。

「はい……じゃあコンドウさん、Bスタジオにどうぞ」

コンさんて、やっぱりコンドウさんなんだ、などと思いつつ、細い通路を通ってBスタジオに。そこにはまた分厚いドアがあった。しかも二重の。

すぽっ、すぽっ、とドアを開けてコンさんが入っていく。僕は四番目に入って、最後にエディがきて、二枚のドアを閉めた。

何やら空気がこもっていて、正直、カビ臭さもちょっとあったけど、我慢できないほどじゃない。それよりも、エディ以外の三人がいきなりタバコを吸い始めたんで、なんかその方が、僕には息苦しく感じられた。

室内にはドラムと、ギターを鳴らすスピーカーがすでにセットされていた。で、コンさんがドラム、タケさんがベース、マルさんとエディがギターのようだった。

と、ここで妙なことに気づく僕。

コンさんは、たぶん近藤《こんどう》さん。タケさんは、竹田《たけだ》さんとか、もしくは名前がタケシさん、タケルさん。マルさんも、丸山《まるやま》さんとか、そんな感じだろう。

そうなると、津本敬太くん。君は――。

「……ねえ、エディって、なんでエディって呼ばれてんの」

すると、ドラムのセッティングをしていたコンさんが、笑いながら教えてくれた。

「もともとは俺らとタメの、エディの兄貴がメンバーだったんだよ。やっぱギターで。でも、生意気に東京の大学いくっていって、脱退しやがってよ。そんだから、代わりに弟よこせって、エディを入れたんだよ……で、そもそもは俺らの大先輩で、ジンさんってすげーベーシストがいて。その人がまだこっちにいる頃に、東京に遊びにいって、歌舞伎町で白人のゲイにナンパされたんだよ。そいつの名前がアレックスっていって。で、その話があった頃に、ジンさんが一番可愛がってたのが、コウイチ……つまり、エディの兄貴でさ。そんでいつのまにか、コウイチがアレックスなんじゃねえかって話になってて」

突如、メンバー全員、大爆笑——。

えっ、全然分かんない、その笑い。

「……で、アレックスの弟だから、当然、こいつは、エディ」

さらに笑い、炸裂《さくれつ》——。

いや、まったく分かんない。なんでエディの兄さんがアレックスになったのかも。なんでアレックスの弟が、自動的にエディなのかも。僕にはさっぱり分かんないです。

「……あはは……そうなんだ」

以後、これに関する追加説明は一切なし。そのあだ名が今、うちの学校で定着している理由も不明。

「ほんじゃ、そろそろいくか。内藤くんは、好きに撮ってね」

「あ、はい。ありがとうございます」

「うし……じゃエディ、ブラウンシュガーからな」

「ういす」

するとエディは少し前屈みになり、わりとよく見る形の、ボディに黒い板のついてる木目のエレキギターを弾き始めた。

キャッキャッ、キャッキャッキャッキャジャジャラーラ――。

すぐにマルさんのギターが、コンさんのドラムが、タケさんのベースが、エディのプレイに絡みついていく。最初、ちょっとシンバルの音の大きさにびっくりしたけど、でもすぐに慣れた。

リードボーカルはマルさん。エディもコーラスで唄ってる。マルさんて、髪をちょっと伸ばしてて、顔も細くて、見ようによっては中性的なんだけど、声はすごく渋い。

で、タイトルなんだろう「ブラウンシュガー」って言葉を、マルさんとエディがマイクで叫ぶときの顔が、すっごい楽しそうで。僕、なんか感動しちゃって――。エディが僕を指差して、マイクでなんか叫ぶんだけど、その意味が分かんなくて。リズムに乗ってるから、そういう歌なのかと思ってた。

《とれ、とれよ、ノロブー》

ああ、写真をね、撮れってことね。うん。すっかり忘れてた。

エディ、カッコいい。いや、エディだけじゃなくて、コンさんもタケさんもマルさんも、みーんなカッコよかった。

正気を取り戻してからは、僕も写真を撮りまくった。ときどきみんな僕の方を向いて、ポーズを決めたりもしてくれた。それが原因で演奏をしくじっても、ご愛嬌。笑ってお終い。

僕、今まで知らなかったよ。音楽を演奏するのが、こんなに楽しいことだなんて。メンバーが集まって、楽器を持ち寄って、いっせーので鳴らし始めたら、そこが急にパーティみたくなって。世界中で一番、楽しい場所になるんだね。

演奏するのが楽しい、っていったって、まあ、僕は近くで見せてもらっただけなんだけど、でも、自然と体は揺れてきたし、気づくと僕も笑ってた。なんか「楽しい」って言葉の本当の意味に、初めて気づいたような。そんな気がしたんだ。

だから――、

「……今日は、ありがとうございました。お陰でいい写真、いっぱい撮れました」

「おう、あんなんでよかったらいつでもおいでよ。来月ライブやるからさ。それも観にこいよ」

「はい。ぜひ」

「できたら、温子先輩も誘って」

「ああ、はい……訊いてみます」

「じゃあな、ノロブー。また明日」

エディの家の前でみんなと別れたら、急に、寂しくなったんだ。

くるときよりさらに暗くなった、畑の間の一本道を、一人で帰る。

なんか、途中で堪《たま》らなくなって、僕は自転車を停めて、カゴに入れたバッグからデジカメを出して、見てみた。

やっぱり、みんな笑ってた。マルさんは何枚かで、鬼みたいな顔してマイクに叫んでたけど、それはそれでカッコいい。いや、一番カッコいいかもしんない。この中では、ベースのタケさんが一番大人しいけど、でもやっぱり、横顔は笑ってる。ふふふ、って感じ。

コンさんとエディは、まるで悪ふざけをしているみたいだ。演奏はちゃんとしてるのに、顔はイタズラ小僧みたくなってる。楽しくて、面白くて、もうどうしようもないって感じ。

なんなんだろう、この感覚――。

よく考えたら、僕ができることでこんなに楽しいことって、一つもないんだよな。

いや。よく考えなくても、ちょっと考えただけで分かってたけど。


時間はだいぶ遅くなっちゃったけど、でも、思ったほどは怒られなかった。次の日の朝も、普通に起きて「おはよう」っていって、「いってらっしゃい」っていわれて学校にきた。なんか、あんまりにも普通で、逆に拍子抜けした。

で、学校にきたらきたで、

「おはよう、エディ。昨日は……」

「うす……ワリ、俺ションベン」

エディには廊下で会っただけで、特に今までより仲良くなったとか、音楽について熱く語るとか、そういうことはなかった。

そう、なんだよな。エディにとってあれは単なる日常で、別に、特別なことではないんだよな。僕が勝手にカルチャーショックを受けて、感動して、寂しくなって。それだけのことなんだ。

なんとなく、ぼんやりしているうちに六時間目の選択数学まで授業は終わり、昨日たっぷり写真を撮ったわりに、それを部員に披露する気にはどうしてもなれず、僕は「帰る」とひと言、三好にいって学校を出た。

そしたら、校門からの坂を下りきった辺りで電話がかかってきた。お祖父ちゃんのお店からだった。

「……はい、もしもし」

『オーッ、あたしだ、温子だ。宏伸、学校終わったら店にきな』

相変わらずテンション高いな、この人。

「えー、なんで」

『たこ焼き器復活さしたからよ。食いにこい』

「いや、僕、別に……」

あーあ。切られちゃった。


そもそも「たこ焼き器復活」の意味が分からない。

「ねえ、そのたこ焼き器って、あっちゃんちのなの？」

今日のあっちゃんは、赤いバンダナを頭に巻いて、赤いエプロンという出で立ち。そのせいか、なんかいつもより可愛らしい。

「……いや……ゴミ……廃品……」

ただいま店先で、極めて真剣にたこ焼きを試作中。

「それを、あっちゃんが直したの？」

小さく切った茹でだこ入りのボウルを構え、投入開始。

「……昨日、ジジイにいわれて……磨いただけ……そしたらすんげー綺麗になったから、食いたくなって……で今日、材料調達して、全部切ったら、こんなんなっちゃって。でも今夜、うち、誰もいねーってことに気づいて……で、お前を呼んだわけ」

続いて揚げ玉、ねぎ、紅生姜、キャベツを投入。ちょっと真ん中ら辺、キャベツ入れすぎだよ。

「誰も、って、お祖父ちゃんは？」

「……消えた」

またか。

「山？」

「……知らない……朝起きたら、いなくなってた……財布とメガネ……あと、リュック……なくなってた」

完全にいつものパターンだ。ちなみにお祖父ちゃんは携帯を持っていないので、一度いなくなったら連絡はとれない。いつ帰ってくるかも分からない。一週間か、一ヶ月か、見当もつかない。でも家族も慣れっこだから、捜索願とか、そういうことは一切しない。

「オオーッ、ちょっとこれ、これッ」

引っくり返したたこ焼きが――。

「なに？」

「チョー美しくね？　ヤバいっしょこれ、もはや芸術っしょ。飾っときたくね？　もったいなくて食えなくね？」

「そ……そうだね」

真ん丸だね。

「よし。宏伸、食え」

もう。わけ分かんないよ、あっちゃん。

結局、二人で全部食べた。お店で売ってるのの、五パック分くらい食べた感じ。お母さんに夕飯いらないって電話しとかなきゃ。

「ういぃ……食ったなぁ……見ろ、宏伸。腹、こんな膨れた」

そりゃそうだよ。大きな缶のビール、五本も空けてんだから。こんな姿、コンさんが見たら悲しむだろうな。あ、そういえばあの話してないや。まいっか。

「……しっかし、あれだな。あたし、たこ焼き作るのも上手いな。プロ並みだな」

「うん。美味《おい》しかった」

「店出したら、完全に繁盛するな」

それはどうかな。あっちゃん飽きっぽいから。

「看板娘いらないだろ。材料安いだろ。よそより二百円高くしたって、あたしが売れば売れるよ」

またそんな。あこぎなこと考えて。

「……あっちゃんは商売じゃなくて、大人しくギャンブルやってた方がいいよ」

他人に迷惑かけないだけ、マシな気がする。

でもあっちゃんは、大真面目な顔で僕の目を覗き込んだ。

「いや、宏伸……ギャンブルってのはな、本当は、やっちゃいけないことなんだよ」

意味分かんない。酔ってるんでしょ。

「……何いってんの。散々やってるくせに」

「違うんだよ。あれはな、悪魔の取引なんだよ」

あっちゃん。声、怖いよ。

「なに……その、悪魔の取引、って」

「人間と、悪魔との取引さ……だから、人間はやっちゃいけないんだ」

「でも……あっちゃん、パチンコだって、競輪だって競艇だって、賭け麻雀だって」

十代の頃から散々やってきたじゃない。

「いいんだよ、あたしは……あたし自身が、悪魔だから」

そういった途端、ギャーッハッハ、と笑い出す。相当酔ってるな。

「……っていうかさ、あっちゃん」

僕、さっきからずっと気になってたんだ。

「その、あっちゃんの座ってる箱。それって、なんか大事なものが入ってる箱なんじゃないかな」

あっちゃんは「ん？」と大股を開き、自分の座ってる箱を見下ろした。

銀色の、ほぼ立方体に近い、でも角が丸くなっている、やたらと頑丈そうな箱。横には持ち手、その反対側には車輪がついているので、転がして運ぶ、チョーごついジュラルミンケース、と思えばいいだろうか。確かに、座るにはちょうどいい大きさだけど。

「ああ、これ……そう、これだよ。この前ジジイに頼まれて、わざわざ東京までいって持って帰ってきたのって」

「えっ、博物館から引き取ってきたって、あれ？」

「そうそう」

じゃ、なおさらダメじゃん。

「ちょっと、マズいよそういうの。勝手に横に倒したりしちゃ」

「だって、持つとこがケツに当たって、座りづらかったんだもんよ。でも横にすっといい具合なんだよ。安定感完璧だし」

「椅子なら他にだってあるじゃない」

ほら、どいてどいて。

酔っ払ってるあっちゃんは当てにならないから、僕が一人で縦に戻した。けっこう重たかった。

「中身、大丈夫かな」

「大丈夫だろ……心配なら、開けて見てみ」

はいこれ、とあっちゃんが、どこに置いてあったのか小さな鍵を僕に差し出す。

「うん、じゃあ……ちょっと、見てみる」

手前に二つ留め具があって、それぞれに鍵穴がある。そこにあっちゃんから受け取ったのを差して、ロックを解除。パチンパチンとフックをはずすと、箱の上部、四分の一くらいがパカッと開いた。

「……カメラだぜ」

「うん、それは僕にも分かる」

ただ、僕なんかにはまったく馴染みのない、すごく古い方式の、フィルムカメラのようだった。ケースから出してみないとよく分からないけど、たぶん写真館とかで、撮影する人が黒い布をかぶって撮る、ああいう大型の機種だ。

なんでこんなもの、東京の博物館から持ってきたんだろう。

お祖父ちゃんの、知り合いのものらしいけど。

5

お腹の調子が悪い。いや、もうほとんど、体調が全般的に悪い。

原因はもちろん、昨日あっちゃんと食べた大量のたこ焼き。あれ以外に考えられない。

「一枚くらい食べなさいよ」

すでに冷えてるっぽいトースト。

「……無理。気持ち悪い」

「豚汁は」

「……もっと無理」

こういうときは普通、ホットミルクでしょ。それくらい察してよ。

「そもそも、なんでそんなにいっぱい食べたの。たこ焼きなんて」

「あっちゃんが……食べろって」

「まったく。あんたって、ちっちゃいときからそう。悪いことがあると、なんだかんだあっちゃんのせいにするんだから」

だって、ほんとにあっちゃんのせいなんだから、しょうがないでしょう。

「いちばん可愛がってもらってるくせに」

近頃の「可愛がり」って、あんまりいい言葉じゃないんだよ。まあ、あっちゃんの僕に対する扱いって、若干イジメ含みなところあるから。そういう意味じゃ逆に合ってるんだけど。

「……学校、休みたい」

バンッ、とお母さんがテーブルを叩く。揺れる豚汁の表面。

「あんた、なにバカなこといってんの。たこ焼き食べすぎて学校休むだなんて、そんなの聞いたことないわよッ」

あーあ。また朝から怒られちゃった。


そんなわけで、僕は今日も学校まできているわけです。

ちなみに一時間目は技術。今日はパソコンルームで、たぶん表計算ソフトの活用を勉強します。


で、隣に座ったのが、たまたま三好だった。

「ノロブー。一昨日、バンドの写真撮りにいったんだって？」

あなたって、ほんとに部活の話、好きですね。

「……なに。エディに聞いたの」

「うん。街のリハーサルスタジオまで一緒にいったんだって、昨日いってた」

「まあ……うん。そう」

「やるじゃん。やる気出てきたじゃん。……で、どうだった。いいの撮れた？」

そこまでバレてるんじゃ、見せないわけにはいかない、よね。

「教室戻ったら……うん。見せるよ」

うわっ。だから、なんですぐそうやって椅子を蹴るの。ほんと足癖悪いな、この人。

「……あたしはいいのが撮れたかどうかを訊いただけでしょ」

「そんなの、自分じゃ分かんないよ。僕がいいと思ったって、三好はいつもダメ出しするじゃないか。三好が見て決めてよ」

また蹴ってくるか、と思って身構えたんだけど、こなかった。

意外にも三好は溜め息をつき、すとんと肩を落とした。

「ノロブーさぁ……もうちょっとこう、自立しようよ。男でしょ。なんでもいいからさ、こうしようとか、こうやってみようとか……なんていうか、もっとポジティブな姿勢を持ちなよ」

えーえー。女子のわりに男気あふれるあなたにいわれると、耳が痛いですよ。

「うん、分かった」

「いや、分かってないな、その様子じゃ」

分かってるよ。自覚してるよ。自分がイマイチだってことくらい。

「ノロブー、洋輔がいなくなってから、特に……」

そこまでいいかけて、三好はなぜか口をつぐんだ。

「……特に、なに」

「いや、いい。ゴメン。忘れて」

っていわれてもね。

洋輔が転校してからの僕って、そんなに元気なく見えるのかな。前に、エディにも似たようなこといわれたし。

確かに、朝一緒に登校する友達はいなくなったし、そういえば、学校でお腹抱えて笑うようなこと、なくなった気はする。でもそれって、僕だけじゃないいんじゃないかな。クラスで仲良かった連中は、少なからずみんな、ちょっとずつはあるんじゃないだろうか。三好だって——まあ、外見上、三好に変わった様子はまったく見受けられないんだけど、でも内心は違うんじゃないだろうか。ちゃんと別れたとはいっても、寂しいは寂しいんじゃないだろうか。

そういや洋輔、全然メールしてこないな。あのやろ。三好にはしてんのかな。案外、安藤エリカとは毎日だったり。どうなんだろ、そこんとこ。気になるっちゃあ、なる。

洋輔からメールくる？　とか、気安く安藤に尋ねる僕——。ヤバい。想像しただけで、なんかドキドキしてきちゃった。バカですね。はい。

気を取り直してデジカメの画像をチェック。自分ではどれもけっこう上手く撮れてる気がするんだけど、何せ敵はあの三好部長ですから。うっかりシクったのまで見せて、ギャンギャンいわれたらめんど臭い。ハードル上げて、事前にイマイチなのは消しておこう。

そう思ってデジカメをいじり回してたんだけど、どういうわけか、こう、手触りが、いつもと違うように感じられる。

軽くて、小さくて、頼りないような。いやいや、けっこう古い機種なんで、今どきのデジカメとしては充分重くて、大きくて、がっしりしてはいるんですけど。

あ、分かった。あれだ。昨日、たこ焼き食べたあとに、あっちゃんが横に倒して椅子にしてたケースを開けて、中のカメラを見てみたからだ。一応ね、壊れてないか確かめる必要はあると思ったから。幸い上から触ってみた感じ、どこかがはずれちゃってるとか、そういう分かりやすい故障はなかった。

しかし凄かったな、あのカメラ。大きくて、ゴツゴツしてて。今どきのデジカメが護身用の小型ピストルだとしたら、あれは機関銃か大砲だね。うん、まさに「武器」って感じだった。色も真っ黒だったし。確か、レンズの上に「Ｍａｍｉｙａ」ってロゴがあったな。メーカー名だろうか。

「……ほら、ぼーっとしてないで。見してごらん」

給食を食べ終わった三好が、また隣の席まできた。僕だってもちろん食べ終わってます。一応、これでも男子なんで。ああ、お腹の調子はもうよくなりました。

そうだ。ちょうどいいや。

「……ねえ。マミヤってカメラのメーカー、知ってる？」

三好は、僕が差し出したデジカメを受け取りながら眉を段違いにした。真っ直ぐに切りそろえられた前髪の下に、左眉が隠れ、右眉だけが下から覗く。変な顔。

「マミヤ？　知らない」

「フィルムカメラだと思うんだけど。こう、ごっつくて、重たそうなの」

「知らないってば」

ああそうですか。

「……なんでよ。ノロブー、生意気にギンエンやりたいの」

「は？」

「フィルムでしょ？　ギンエン写真でしょ？」

「何それ」

また溜め息つかれた。これで今日二回目。

「……金銀の銀に、塩で、銀塩写真とか、銀塩カメラっていうでしょう」

「えー、いわないよ」

また、すぐ椅子を蹴る。でも大丈夫。今のは覚悟してたから。

「あんたが知らないだけよ。いうのよ、そういうふうに。デジカメに対して、フィルムで撮って現像する従来の方式全般を、銀塩っていうの」

はあ、そうなんですか。勉強になります。

「……だから結局、ノロブーは銀塩やるの、やらないの」

「いや、僕はただ、マミヤってロゴの入ったカメラを、ちょっと見かけたから、有名なメーカーなのかなって、思っただけで」

「それって、またお祖父さんのお店で？」

ん、鋭いね。素直に頷いておく。

「だったらそんなの、お祖父さんに訊けばいいじゃない」

「そんときはいなかったの」

そして、彼がいつ戻ってくるかは、誰も知らない。

「だったら調べりゃいいじゃない」

「え、どうやって？」

「ネットで」

ああ、そうね。ちょうど昼休みだしね。


昼休みのパソコンルームは、校内ではけっこうな人気スポット。

「……益田《ますだ》、こら、益田。ちょっとどいて。どうせゲームやってるだけでしょ」

うーん、部長。こういうところはほんと尊敬します。男子でもまったく躊躇なくどかしますからね。

そしてどっかりと、自らご着席。

「で、なんだっけ。マミヤだっけ」

「うん、マミヤ」

早速、検索サイトの入力欄に「マミヤ　カメラ」と打ち込み、検索ボタンを押す。で、最初に出てきたページタイトルをクリックしたら、

「ほら、あるじゃん」

「ほんとだ」

いきなり「Ｍａｍｉｙａ」の赤いロゴと、一眼レフっぽい大きなカメラの画像が現われた。どうやらこれが「Ｍａｍｉｙａ」のオフィシャルサイトのようです。

「製品、製品……この、プロダクツってとこか」

三好はチャッチャカ、勝手にページを進めていく。そのたびに、色々なカメラの外観と説明が表示される。でも、これはデジカメ、これもデジカメ——。三好の判断で、次々とページは送られていく。

「……あ、これがフィルムだね。ここ、6×7フォーマットって書いてあるでしょ。マミヤ7Ⅱってモデルだね」

へえ。三好って、実はカメラ全般に詳しいんだね。知らなかった。っていうか君、いま「フィルム」っていわなかった？「銀塩」じゃなくて。別にいいけどさ。

「……うーん。でも、形が全然違う。僕が見たのは、もっと四角いやつだった」

7Ⅱってこのモデルは、なんか妙に平べったいんだ。

じゃあ次、と、また三好がクリック。そうしたら、

「あ、それッ」

出てきた。まさにあの、ごっつい機関銃カメラ——と、一瞬思ったんだけど、でもなんか、

「……いや、やっぱちょっと違うな」

レトロ感が足りない気がする。

「あっそ。じゃあ」

さらにクリック。すると、もっとそっくりなモデルが出てきた。

Ｍａｍｉｙａ　ＲＢ67　ＰｒｏＳＤ。

レトロな質感も非常に近い。ほぼ同じといってもいいくらい似ている。けど——。

「すっごい似てるんだけど、なんか……僕が見たのより、小さい気がするな」

「あらそう。でも、カメラはこれが最後だよ。あとはほら、レンズとかになっちゃうから」

ほんとだね。もう他のモデルはなさそうだね。

「じゃあさ、とりあえずこの画像、プリントアウトしてよ」

「っていうかさ、なんであたしがノロブーに使われなきゃなんないの」

げー。なんだよ、今まで頼みもしないのに調べてくれてたのに。

女って、ほんと勝手だよな。

午後は選択数学と国語。

でもその二時間、僕の頭の中は、マミヤのことでいっぱいだった。

あんなに似てるのに、何が違ったんだろう。あのケースに入ってたのって、実際どんなだったっけ。

幸い、先生に指されることもなく授業は終了。

「ノロブー、今日も部活出ない気？」

「うん。ちょっとこれ、どうしても現物と比べたいから」

僕は例の画像のコピーを三好にひらひらさせて教室を出た。

廊下を歩き始めたら、誰かに呼び止められた。エディだった。

「ノロブー、来月のライブ、絶対きてくれよな」

「うん、いくいく」

「ちなみにチケット、二千円でいいから。今日買う？」

マジ？　お金取るの。

「えーと……また今度」

「おう、俺はいつでもいいぜッ」

お得意の〝ジャラリーン〟はなし。まだギター用意してなかったのね。

自分でもよく分かんないんだけど、なんだか僕は、妙にワクワクしていた。ひょっとしたら、アニメの主人公が謎の巨大ロボットと出会ったときって、こんな気持ちなのかもしれない。

あれがカメラであることは、まず間違いない。それはレンズの上、人の顔でいえば額の部分に燦然《さんぜん》と輝く「Ｍａｍｉｙａ」のロゴが証明している。しかし、何かが違う。あれはマミヤでありながらマミヤではない。きっと、もっと特別なマミヤなのだ。いうなれば、グレート・マミヤ。ああ、もう僕、一人で何いってるんだろう。

「こんちはッ」

僕は家には帰らず、直接お祖父ちゃんのお店にいった。でも、やっぱりお祖父ちゃんはいなくて、

「……んあ？　ああ、宏伸か」

店番はあっちゃんがやっていた。店番っていうか、衝立の向こうのソファで昼寝してただけだけど。なんだかんだ、お祖父ちゃんとあっちゃんって似てる。

「ねえねえ、あっちゃん。この前のカメラ、あれ、もう一回見せてよ」

「……ったく……でけえ声出すなよ」

ソファから起きたあっちゃんは、髪くしゃくしゃ。手でこすったのか、化粧が崩れて目の周りは真っ黒。かなりホラーな感じになっています。

「その……杭んとこに鍵があんだろ。それで」

「うん、分かった」

例のケースは入り口の脇、この前と同じ場所にあった。僕は前回同様、二ヶ所のロックとフックをはずして、巨大なジュラルミンケースのフタを開けた。

じゃっじゃじゃじゃーん。スポンジとか、合成樹脂とかのそれに交じって、重機械独特の匂いが漂ってくる、ような錯覚を覚える。

いま明らかになる、グレート・マミヤの全貌。

「宏伸、スイカ食うか」

「ん、いや、あとでいいです」

今それどころじゃないの、僕は。

えーと、では早速。コピーと何が違うのかを、検証していきましょう。

おお、一目瞭然に違うじゃない。何が違うって、全然違うよ。

ネットで調べたマミヤRB67は、ごく大雑把にいうと、立方体のボディと筒型のレンズが合体した形をしている。

対して謎のマミヤは、さらにその後ろに、もう一つ立方体の箱が連結したような恰好をしている。つまり、レンズ＋立方体＋立方体。しかも付属の立方体の上には、もう一つ小さな立方体が突き出ている。それはまるで潜望鏡のよう——。

「宏伸ぅ、スイカ切ってくれよぉん」

「うーん、あとで」

以上が、物体を真上から見て分かったこと。こっから先は、やっぱり出してみないと分からない。

「ねえ、あっちゃん。これ、出して見てみたら、ダメかな」

「ん？　別にいいんじゃね。っつか、入れたのあたしだし。まあ、係の人も手伝ってくれたけど」

そっか。じゃあいいよね。

よっしゃ。では気合いを入れて、かつ慎重に、いってみましょう。

横に入ってるクッションみたいなの。これがまずはずせそうだね。いったん取り出して。そしたらほら、手が入るし。よいしょ——。

ん、やっぱり、思った通り重たい。よいしょ——。もうちょっと指が掛かるように。この辺、持って平気かな。平気そうだな。よいしょ——。

よし、浮いた。もうちょい、よいしょ——。よし出た。どっか置くところ。置くところ。

「あっちゃんッ、どいてどいてッ」

「うわ、うわうわ、なんだなんだ」

どしーん、ってやったらマズいから、最後まで力を抜かず、丁寧に。ソファのところの、低いテーブルに着陸させる。

「……よいっ……と。成功」

「あんだよ。ここに置いたら、あたしゃどこでスイカ食えばいいんだよ」

「あっちゃん、スイカはいつも外で食べてるじゃん」

そんなことはいいから。ほら、見てよ。

伝説のグレート・マミヤが、今ついに、その神秘のベールを——。

「……ん？」

早速、僕は妙なことに気づいてしまった。

このマミヤ、下に何かついてる。っていうよりか、何かに載ってる。ただのレンズ＋立方体＋立方体じゃない。

「むむむ……」

コピーと見比べても、やっぱり。普通のマミヤにそういう部分はない。

どうなっているのかというと、まず、ちょうど立方体二個分の台っていうか、黒い鉄板があって、そこに普通のカメラ部分と、例の付属の立方体が載っている。レンズは前に突き出ている。鉄板と付属の立方体はガッチリ一体化しているので、どっちかというと、カメラがオマケで載せてもらっているようにも見える。横からだと、ごついL字の台座にカメラがはまっている感じだ。

さらにその黒い台座の下には、何やら複雑な機構を持つ、回転台のようなものがある。たぶんここは、三脚と合体できる仕組みになっているんだろう。そうすれば、右に左に、自由にレンズを向けられる——。

いや、待てよ。三脚に立てれば、普通のカメラだって自由に向きは変えられるか。何もこんな、戦闘メカじみた機構までは必要ないはず。

むむ。グレート・マミヤの謎、いまだ解けず。

大体これ、どっからフィルム入れるんだ？　普通なら背面のフタを開けて入れるんだろうけど、そこが付属の立方体と連結しちゃってるわけだから。ってことは、付属の背面から入れるのかな。

ああ、やっぱりそうみたいだ。裏側がフタになってた。右の留め具は簡単にはずせそうだ。

「ねえ、あっちゃん。ここ、開けてみてもいいかな」

「うん、別にいいんじゃね。それの持ち主、もう現役引退したから、カメラもいらないらしいし。だからジジイがもらったんじゃねーかな」

なるほど、納得。

「じゃ、開けますね……」

ぱか。

うーん。立方体の上に突き出ていた小さな立方体は、どうやら大きな軸で下の回転台と繋がっているようだ。その周辺には小さな筒がいくつもあって、あっちにフィルムを入れるんだとしたら、そっちからここを通って、あっちに送られて——。

あーあ、やっぱり全然分かんないや。

6

とりあえずコンビニに走って、フィルムを一本買ってきた。

戻ってきたら、あっちゃんがグレート・マミヤを弄ろうとしてた。

「あっ、やめてやめて」

お化粧、いつのまにか直ってるし。

「……あんでだよ」

「あっちゃん、カメラなんて分かんないでしょ」

「お前だって分かんないだろが」

「あっちゃんより、ちょっとは分かるよ……はい、どいてどいて」

もう、ほんとに何もしてない？　今、中に指突っ込んでたでしょ。まあ、僕もどこか変わったところがあるかって訊かれたら、確かに分かんないんだけど。

「……いいから。僕に任せてよ」

早速箱を破って、さらにフィルムケースから中身を取り出す。それを、グレート・マミヤの背面から、内部に入れてみる。

「ん……」

いきなり困った。どこにセットしていいのか分からない。

「なあ、宏伸……お前、学校に好きな子とかいんの」

また。なんでそういう、いま関係ないことをいきなり訊くのかな。訊かれたら、考えたくなくたって、そういう気分になっちゃうでしょう。

頭の片隅。右斜め上の、ものすごーく高いところに、安藤エリカの顔が浮かぶ。すぐに、校庭の地面を捉える、つるっとした白い脚も。それから、荒い息遣いに上下する、Tシャツの細い肩。先生のアドバイスを聞くときの、真剣な眼差し――。

ダメダメ。なに考えてんの、僕。

ぎゅっと目をつぶって安藤エリカを追い払う。そしたら、今度は左下。ずーっと下の方から、三好が上目遣いで睨んできた。エリカは性格悪いからやめとけー、って、いわれなくたってやめてますよ。僕なんかが安藤エリカに、何をどうできるっていうの。ほとんど声も聞いたことないのに。

「……いないよ。っていうか、今そういうこといわないでよ。忙しいんだから」

ああ、もォ。途中まで考えてたのに、どこにフィルム入れていいのか、また全然分かんなくなっちゃったじゃないか。

だから、あそこから、こう、フィルムが通ってくるんだろう道筋は、筒型の軸が何本か並んでるから分かるんだけど、肝心の、フィルムをはめ込む場所が見つからないんだよ。っていうかこのカメラ、中が異様にスカスカで、かえって入れ方が分かりづらい。こう、フィルムの形そのままの窪みがあれば、ここだ、って分かるのに。

「……あたしさぁ、いま四人にコクられてんだけど、どいつにしよっか迷ってんだよね」

あっちゃんは、どうしても今、そういう話がしたいわけね。

「へえ……そう」

「宏伸は、ジュンタに会ったことあったっけ」

ジュンタさんていうのは、あっちゃんの前のカレシ。もともとブレイクダンスやってて、でもあっちゃんがちょっとやったら、すぐジュンタさんよりか上手くなっちゃって。で、それについてあっちゃんがからかったら、なんか逆ギレして、あっちゃんのこと殴ってきて。それに怒ったあっちゃんがまた反撃に出たら、平手がアゴに入っちゃって、一発で気絶させられちゃったという、悲しいエピソードの持ち主。あっちゃんちっちゃい頃、空手習ってたからね。顔が綺麗だからって、油断しちゃダメなんですよ。

「んーん、会ったことはない……話だけ」

っていうかこの軸、フィルムと高さが合わなくない？　だってほら、こうやって当ててみると、フィルムは三センチちょっとでしょ。軸の方は、ほとんどその倍はある。下で合わせたら、上がすっごい空くことになっちゃう。いいのかな、そんなんで。

「……したことあんの」

あ、ごめん。聞いてなかった。

「え、なに？」

「宏伸は、女の子と、チューしたことあんのかって訊いてんだよ」

なんでまた、そんな――。

「ないよ。っていうか、関係ないでしょ今そんなこと」

「ふーん、ねえんだ……」

ん？　なに。急に、顔なんか近づけてきて。

「じゃあよ、あたしが教えてやるよ……大人の、チュー」

「ひっ」

真っ赤な唇が、目の前で、妖しくすぼまる。前屈みになってるから、その、タンクトップの、えっと――。

「んなっ、なっ……ばっ、なっ……ぼっ、僕たち、いっ……いとこ同士だよ……」

「欧米じゃ、キョウダイだってチューくらいするぜ」

「ぼっ、僕たちは、にっ、にっ、日本人ですよッ」

すると、あっちゃんは途端につまらなそうな顔をし、もとの姿勢に戻った。

「……けっ。アホくさ」

分かんない。分かんないよ僕、あっちゃんのこと。


でも、あっちゃんの気分や興味の対象は分刻みで変わる。

「なんだ……結局入れらんねえのか」

半分くらいまでタバコを吸ったら、もうさっきのことはなかったかのよう。

「ん……うん。なんか、ダメっぽいんだ。前、うちにあったカメラに入れたことはあるんだけど、それとは全然違うんだよ。こんなに難しくなかった」

もうひと口吸って、大きなガラスの灰皿に押しつける。

「……じゃ、あれじゃん、フィルムの規格が違うんじゃん？」

フィルムの、規格？

「いや……でも、コンビニにはこれしか売ってなかったよ」

「街の写真屋とかいけば、他にもあるんじゃね？」

なるほど。

「……ほら、イオンの裏にあるじゃん。お前も、七五三ときとか撮ってもらったろ」

「うん。なんとか写真館」

「あそこにそのカメラ持ってけば、どのフィルムが使えるか教えてくれるよ、きっと」

そっか。でもそうなると、せっかく買ってきたこのフィルムが無駄になっちゃうよね。五百十五円もしたのに。

っていうか、それ以前に——。

「僕、こんなカメラ、街まで運べないよ」

「ああ……まあ、土曜でよけりゃ、あたしが車出してやるよ。っつーか、いつ休んだっていいんだけどな、こんな店。ジイちゃんいなくなってから、客なんて誰もこねーし。買ってくれって人も、売ってくれって人も、一人もきやしねーんだ」

それはたぶん、あっちゃんが昼寝ばかりしてるからだと思うよ。


そんなわけで、土曜日。僕は昼過ぎにまたお店にいった。

「……どうしたの、あっちゃん」

ばっちりメイクしてるわりに、表情が冴えませんが。

「ああ……朝まで、飲みながら、麻雀やってた……」

「大丈夫なの？」

「うん……七万勝った」

「いや、そうじゃなくて、運転」

「ああ、だいじょぶだろ……ほら、荷物積むぞ」

それから、二人で声かけ合いながら、軽ワンボの荷台に例のジュラルミンケースを積んで。

一応、毛布とかで固定もして。

「ふんじゃ……しゅっ、ぱぁぁ……っ」

「うん、安全運転でね。お願いします」

まあ、運転は、そんな心配するほどでもなかった。そもそもこの車、かなりボロだからスピードも出ないし。

「うう、なんか……気持ちワリぃ」

「えっ、大丈夫？」

とかいってるそばから、片手で口押さえて、

「おぇぇ……っぷ。ごっ、くん」

出さずに飲んじゃう、というギャグ。

「やめてよそういうの。気持ち悪いよ」

「うっひゃっひゃっひゃ」

ほんとなんか、あっちゃんて、自分の見た目のよさを台無しにするの好きだよな。僕がそ

んだけ美人だったら、絶対もっとおしとやかにすると思うけど。今日だって、パチッとしたデニムのミニスカートに、黒いノースリーブのシャツ。すごい綺麗系なのに、おえっぷごっくん、だもんな。やんなっちゃうよ。

車はいったん山の方に進んで、線路を越えてから街に向かった。エディと行ったスタジオとは、ちょうど駅をはさんで反対側って位置関係になる。

「うっし……とぉちゃーく」

イオンの真裏。そうそう、ミヤモト写真館だ。

お店の前でケースを下ろして、あっちゃんは車を脇道に移動した。そこに停めていいのかどうかは知らないけど。

それでまた、二人で力を合わせて、ケースをお店に運び入れる。一応キャスターは付いてるけど、ゴトゴトさせるのは怖いんで、持ち上げて運んだ。

「すんませーん」

「ごめんくださーい」

そうそう、こういうお店だった。入るとすぐショウウィンドウみたいなガラスケースがあって、フォトスタンドとかがいろいろ飾ってある。撮影スペースは、正面奥の方。その途中に、玉のれんのかかった出入り口があって、

「……はい、いらっしゃい」

でもそこから出てきたのは、わりと若いおじさんだった。うちのお父さんよりもずっと若い。あっちゃんと僕を、不思議そうな目で見比べている。

そして、足元にある大荷物に気づく。

「あの……ちょっと、これを見てもらいたいんですけど」

「はあ」

いいながら、サンダルを突っかけてこっちに出てくる。

「なんでしょう」

「あの、一応これ、カメラなんですけど」

僕はしゃがんで、パチパチッとロックをはずし、フタを開けてみせた。

「……これに使える、フィルムが欲しいんですけど」

おじさんは僕の隣にしゃがみ、むむっと眉をひそめた。

「マミヤの、RBロクナナのようだけど……これは、何かな」

くるくるっと、付属の立方体の辺りを指で示す。

「いや、分かんないです。これ、うちのお祖父ちゃんの、知り合いのものらしいんですけど、それ以外には全然、情報がなくて……僕もこの、カメラ部分がマミヤだっていうのは、ネットで調べて分かったんですけど、この、後ろの箱とか、下の機械が、何のためについてるのかは、分からなくて」

「下の機械？」

おじさんは、スポンジとの隙間から下の方を覗こうとした。

「……出して、見てもらってもいいですか」

「ああ、もちろん。出してみて」

とはいえ、土足の床に直に置くのはなんだか嫌だし、ガラスケースの上じゃ位置が高いし、何より危なそうなんで、僕はすぐそばにあった木製の丸テーブルを指差して、ここにいいですか、と訊いた。おじさんは頷いて、置いてあったチラシを片づけてくれた。

詰め物を何個かはずして、珍しく静かなあっちゃんと力を合わせて、よっこらしょ。テーブルに載せる。

「……ん？」

腕を組んだおじさんは、またまた難しそうに眉をひそめた。

でしょう。分かんないでしょう。これが、伝説のグレート・マミヤなんですよ。

「ここ、開けてみていい？」

「はい。お願いします」

おじさんは僕がやったみたいに、付属の立方体の背面を開けた。で、中のあっちこっちを覗き見る。下から見上げてみたり、レンズカバーをはずして、改めて裏から見てみたり。

そのうち、カメラとの連結部分を弄《いじ》り始めて、

「あっ」

はずしちゃった。

「……やっぱり」

おじさんはカメラを持ったまま、残りの、台座とくっ付いた黒い立方体を見下ろした。そして連結部分に現われた、黒いプレート状のものを指差す。そのプレートの真ん中には、縦に筋が一本入っている。筋っていうか、幅が二ミリくらい、長さが五、六センチある、細い隙間。

「やっぱり……って、何がですか」

「うん。これはね、スリットカメラだよ」

「スリット……カメラ？」

初めて聞いた。

おじさんは頷いて続けた。

「普通のカメラにはシャッターがあって、それが一瞬だけ開いて、露光したら、写真一枚分だけフィルムを巻き取って、また次の一枚を撮るでしょう」

う、うん。専門家がいうんだから、きっとそうなんでしょう。

「でも、このスリットカメラっていうのは、全然違うんだ。この隙間、分かる？　これをスリットっていうんだけど、ここから光が入りっぱなしになる。この隙間は、シャッターみたいには閉じない。ずっと開きっぱなし。で、フィルムをどんどん巻き取っていく。だから、一枚がどれくらいかは、決まってない。巻き取った分だけ撮れる」

ん、全然分かんない。

「……たとえば競馬とか、競輪とか、そういうスピードを競うものの、順位の判定なんかに使うんだ。こう、ゴールにこれを仕掛けておく。で、ゴールに入ってくるのを全部、連続して撮るんだ。連続っていうか、全体を流して撮る。そうすると、一番からビリまでが、一枚の長い写真に、切れ目なく収まるわけさ」

ちょっと待って。なんか、上手くイメージできないんだけど。

「あとさ、最近は、鉄ちゃんなんていうけど、鉄道ファン。あれに凝ってる人なんかも使うよ。こういうスリットカメラ」

うちの部にも、杉井って鉄ちゃんがいるけど、使ってるのは普通のデジカメだよ。

「鉄道に、どうやって使うんですか」

「まあ、スリット撮影は、カメラの前を通過するもの全般に有効、ってことだよね。……まず、撮影ポイントで、その鉄道がどれくらいのスピードで走るのかを、調べる必要がある。で、そのスピードから逆算して、フィルムの巻き取り速度を決定する。あとは、その撮影ポイントで、電車がくるのを待って、スタートボタンを押して、電車が通り過ぎるまで、フィルムを回し続ける」

まったく、想像つかないですけど。

「すると、世にも不思議な写真が撮れる」

「……どんな写真、ですか」

「うん。走ってるはずの電車が、まるで停まってるみたいに、しかも一両目から最終車両まで、ながーく撮れるんだ。じゃあ、背景はっていうと、そっちは全然動いてないから、横に流れて、びぃーって、真っ直ぐな縞模様になっちゃう」

僕が首を捻《ひね》っていると、おじさんはカメラを再び台座にセットし始めた。それが終わると、今度は拝むように両手を合わせ、いや、ちょっとだけ隙間を空けて、そこを片目で覗いてみせた。

「……ようは、スリットから見えるのは、こういう風景なわけ。こういう細長い風景が、真横に切れ目なく、延々続いていく。そこに電車が通って、フィルムの巻き取り速度とぴったり同期していれば、電車だけが綺麗に、まるで停まってるように撮れる……ってわけ」

急にあっちゃんが、なるほど、と呟いた。自分でも両手でスリットを作って、覗いてみてる。うっそ。あっちゃん、今の説明で分かったの？

おじさんは手のスリットをやめ、改めてグレート・マミヤに目を向けた。

「でもたぶん、このカメラは、そういう使い方をするんじゃない」

ええーッ、違うのぉ？　じゃなんだったの、今までの説明。

そういって、グレート・マミヤの下のところ。あの複雑な、回転機構を指差す。

「ここ、見てごらん」

「このカメラはたぶん、ジテンするんだ」

「ジテン？」

「自転車の、自転。私が見たところ、ここ」

潜望鏡みたいに、上に突き出た小さな立方体部分。

「ここにモーターが入っていて、これを動力にして、フィルムの巻き取りと、カメラ本体の自転を、同期させて行う仕組みなんだと思う」

いいながら、空になったジュラルミンケースを覗き込む。

「……ほら、ちゃんと入ってる」

いや、空じゃなかったらしい。おじさんはケースの底の方から、何やら四角い、鉄の箱を取り出した。上ブタは茶色い、半透明のプラスチックになってる。それと、短いコードも何本か。僕、そんなもんが入ってるなんて全然気づかなかった。

「なんですか、それ」

「バッテリーだよ。これは……ああ、ここだね」

さも簡単そうにいい、回転機構の後ろにセット。それとコード。これはしばらく迷ってたけど、ここところか、なんて呟きながら、それぞれを接続していく。

「いいかい、見ててごらん……っていっても、バッテリーが残ってれば、の話だけどね」

おじさんは、グレート・マミヤとコードで繋がった、そのスイッチみたいなものを握り、親指で押した。

すると、

「うわっ」

「おっ、すご」

「うん……回ったよね」

回転機構より上、グレート・マミヤの本体が音もなく、三六〇度、水平に回転し始めた。おじさんがスイッチを押している間、それはずっと回り続けた。コードが短いんで、犬の散歩用リードを操るみたいに、本体に絡まないようにしなきゃいけなかったけど。

五周くらい回して、おじさんは指を離した。

「さっき話したスリットカメラの原理で、でもカメラの方がこうやって、三六〇度自転してしまうと……さて、写真はどんなふうに写るか、分かるかな？」

僕は、ふるふると首を横に振った。

そしたらどういうわけか、あっちゃんが代わりに答えた。

「……周りの風景、ぐるっと三六〇度が切れ目なく写る、えっれー長い、パノラマ写真でしょ」

おじさんは、パチンと指を鳴らした。

「正解。これはたぶん、世にも珍しい、三六〇度パノラマ写真を撮影するための、専用カメラなんだと思うよ」
マ、マジですか――。
「この、RBロクナナ以外の部分、この後ろの箱も、回転台も、全部誰かが自作したんだろうね。すごいよ、これ……本当に、持ち主分からないの？」

「はい……お祖父ちゃんも、ちょっと前から出かけちゃってて、いつ戻ってくるか分からないんで」

「携帯にでも、電話してみればいいじゃない」

「うちのお祖父ちゃん、携帯持ってないんで」

あんまその辺、詳しく訊かないでください。

「そっか……いや、それにしても、これは面白いな」

おじさんは、ちょっと待っててといって、ガラスケースの裏側に入っていった。何か下の方でごそごそやって、でもすぐに戻ってきた。

「……これ、あげるよ。一二〇のブローニーフィルム。このカメラの規格に合うのは、こういうフィルムなんだ。これで試しに、何か撮ってみるといいよ」

「えっ、くれるんですか」

おじさんは、優しく笑って頷いた。

「一本目は、私からのプレゼント。その代わり、撮ったら必ず、うちに現像に持ってきてね。で、面白いのが撮れたら、そのときに新しいフィルムを、買ってくれればいいから。……本当は、仲間に入れてもらって、一緒に撮りにいきたいところだけど……でも、おそらくこの感動は、一生に一度きりのものになると思うから……君たちだけでやってごらん。私はここで、楽しみに待っていることにするよ」

僕は、おじさんから受け取った、細長いフィルムの箱を見つめた。

一生に、一度きりの、感動――。

7

そうはいっても、僕にはその、フィルムの入れ方がそもそも分かんなかったわけで。

「ここだね……ここにセットして、こっちに……こう送っていく。で……最後は、このスプールに巻き取られるわけ」

結局、おじさんが全部やってくれた。いや、ちゃんと見てたんで、次は自分でできますよ。

大丈夫です。ご心配なく。

おじさんは背面のフタを閉めて立ち上がった。

「さあ。これでカメラの謎は解けたね」

うん、バッチリ。

「フィルムも、セットできた」

ええ、お陰さまで。

「あとは何かな？」

あとは、風景のいいところにいって、素晴らしい写真を撮るだけでしょう——とか思ってたら、あっちゃんがボソッといった。

「……三脚」

「うん、正解」

おじさん、また指パッチン。

「さすがにこれ、手持ちじゃ撮影できないからね。ある程度がっしりした三脚にセットしないと、ちゃんとしたパノラマ撮影はできないんだけど……」

なるほど。それは、そうですよね。

「持ってる？　三脚」

「ああ、帰れば、たぶん……お祖父ちゃんとこの、どっかにあると……」

って僕がいってるのに、

「貸してもらえます？」

また横から、あっちゃんが口をはさんだ。

ちょっと待ってよ。いろいろ教えてもらって、フィルムももらって、それをセットまでしてもらったっていうのに、さらに三脚を借りるって、それはさすがに、ちょっと図々しいでしょう。

「分かった。じゃ、ちょっと待ってて。一番頑丈なの出してきてあげるから」

「あ……ありがとう、ございます……」

おじさんは、ニコッと笑ってから奥に戻っていった。

入り口のところで脱いだサンダル。ちょっと斜めに、踵が重なっちゃってる。

おじさんが揺らした玉のれん。その動きが止まった頃、あっちゃんはくるっと振り返って、壁に掛かっている鏡を覗き込んだ。目元、口元をささっとチェック。

「あっちゃん」

「……なに」

キッ、キッ、と斜めに睨んで、全体をチェック。どうやら、完璧なようです。

「三脚まで借りるって、ちょっと、図々しくなかったかな」

「平気だよ」

なに、その断言。その自信。

すぐにおじさんが戻ってくる足音がした。

じゃらりと玉のれんが揺れる。

「……これなら、大丈夫だと思うんだ」

三脚を抱えたおじさんが顔を出した。僕は、慌ててそこまで受け取りにいった。

持ってみると、ずしりと重い。ところどころ黒い塗装が剝《は》げてはいるけど、確かにその三本のぶっとい脚は、しっかりとグレート・マミヤを支えてくれそうだった。

「ありがとうございます。じゃあ、これ、お借りします」

「うん……使い方、分かる？」

大丈夫です、分かります、って僕はいおうとしたのに、

「教えてください」

またたよ。

ねえ。ひょっとしてあっちゃん、ちょっとこれに興味持ち始めてる？

三脚の立て方まで習って、グレート・マミヤをケースに戻し、全部を車に積み込んだら、

「ありがとうございました」

「うん。がんばってね」

いざ出発。あっちゃんはエンジンをかけ、勇ましく車を発進させた。

「……って、どこにいくの？」

「さてな。問題は、どこで何を撮るか……だよな」

しばらく車を走らせながら、ぐるっと三六〇度、いい風景が撮れそうな場所を探すことになった。

そうはいっても、駅の周りはあんまり高い建物とかないし。山の方っていっても、そんなに眺めのいいとこなんて知らないいし。うちの学校は？　とも思ったけど、基本的に制服着てないと中に入れないし。屋上までグレート・マミヤを持って上がるのも、ちょっと大変そうだし。だいいち、あっちゃんを連れていったら、なんかとんでもないハプニングが起こりそうで怖いし。

あ、そうだ。

「ねえ、あっちゃん。あの、高台のある公園って、遠い？」

あっちゃんは前を見ながら眉をひそめ、口を尖《とが》らせた。

「高台のある公園？」

「ほら、百メートルくらいある、ながーいすべり台がある公園。僕がちっちゃい頃、自転車で連れてってくれたじゃない」

すべるところが、こう、パイプを並べたみたいになってて。ソリみたいなのに乗ってすべるやつ。

「高台の上からスタートする、チョー長いすべり台だよ……あと、その高台の上に、池だか湖だかがあってさ。周りが歩道になってて、ジョギングコースみたくなってるところ。ほら、お祭りやるからって、去年久し振りに、みんなでいったじゃない」

そこまでいったら、あっちゃんも思い出したみたいだった。

「ああ、あそこか。去年初めて納涼祭やったら、人が集まんなくて赤字だった上に、酔っ払った若いのが夜中に何人も池に飛び込んで、早くも今年取り止めになったっていう……うん、緑川《みどりかわ》公園な」

そうそう、緑川公園だ。酔っ払い云々は知らなかったけど。

「……あそこなら、こっから十分くらいだろ。いってみっか」

「うん、いってみる」

で、また線路を渡って、国道をちょっと走って。

ほんと、緑川公園にはぴったり十分で着いた。

入り口脇にある駐車場に停めて、カメラケースと三脚を降ろす。そこからしばらくは、あんまりガタガタさせないように、二人でケースを押していった。

入ったところの遊技場では、ロープにしがみついてシューッていくやつとか、丸太でできたアスレチック用具とかで子供たちが遊んでいる。土曜日だからか、お父さんお母さんもけっこうきてる。芝生の方にはレジャーシートを敷いて昼寝してる人もいる。パラソルを立てた出店も出てて、ジュースとかスナックを売ってる。

ええと、向こうの高台に上るには——。

「あの階段をいくしか、ないのかな……ない、みたいだね」

チョー長いすべり台の、下り口の左にある丸太階段。

「マジか。けっこうなげーぞ」

だね。ぱっと見上げたところ、軽く百段はありそう。

「宏伸、ケース担げ」

「無理」

結局、また二人で両側から持って、三脚は交替で担いで、

「ほれ、イッチニィー」

「サーンシィー」

途中で休みを入れながら、やっとこ頂上まで運び上げた。天気がいいんで、けっこう汗かいちゃった。

でも、苦労した甲斐《かい》はあった。

「うん……なんか、いい写真撮れそうじゃない？」

眼下に広がっているのは、緑も鮮やかな田園地帯。向こうの方には、さっきまでいた街も

見渡せる。反対側は大きな池。その後ろは、また緑の山。空は、ちょっと雲が多いけど、そこそこの青空。東屋《あずまや》の横にある柱時計を見ると、四時ちょっと過ぎ。残念ながら、陽が沈むまでにはまだだいぶある。

あっちゃんは、ポニーテイルに結っていた髪を解いて、わさわさっと振って風を通した。

「んー、たまにこういうとこくると、気分いいな……宏伸、下の売店でビール買ってこい」

「いろんな意味で、無理」

さあ。とりあえず、撮影ポイントを決めてしまいましょう。

僕は池の近くにいってみたり、さっき上ってきた階段の辺りに立ってみたり、すべり台の乗り口にいってみたりした。それぞれの場所で三六〇度、ぐるっと回って風景を確かめてみる。すべり台の近くでは、ちっちゃい子に「何してんの」って訊かれたけど、笑ってごまかした。ごめんね。今お兄ちゃんは、とっても忙しいんだ。

その間、あっちゃんは東屋で一服してた。散歩の途中らしいおばあさんと喋って、大声で笑ったりもしてた。

最終的に、撮影ポイントは池と階段のちょうど真ん中、地面が一番平らなところに決めた。幸い、すべり台目当ての子供以外はそんなに人も上ってこないし。障害物も特にないんで。ここが一番無難でしょう。

ケースをそこまで運んで、僕が三脚を広げ始めたら、あっちゃんもきてくれた。

「……なに、そこにすんの」

「うん」

「また、えれー中途半端なとこにしたな」

腰に両手を当てて周囲を見回す。髪はいつのまにか三つ編みのお下げになっている。

「だって、ギリギリまで前に出たら、下に落ちそうで怖いじゃない」

「……確かに」

セッティングは、しっかり立てた三脚にグレート・マミヤを固定するだけだから、わりと簡単だった。あとは、バッテリーとスイッチを本体に繋いだら、お終い。

いや、簡単に終わりすぎて、なんだか逆に不安になった。ファインダーを覗いて、ピントとかも弄ってみたけど、合ってるのかどうか、僕にはよく分からなかった。

「テストで回し……てみたら、ダメなんだよね」

「あー、あの人の説明だと、スリットは開きっぱなしになってるわけだから。ほんで、フィルムの巻き取りとカメラの回転は連動してるわけだから。回したら、そりゃ自動的に撮影されちまうと……いうこったろう」

そっか。つまりこのカメラに限っていえば、フィルムは撮る直前に入れた方がいい、ってわけだね。うん。次からはそうしよう。

「じゃあ、一発勝負……ってことで」

「まあ、そうなるわな。必然的に」

「このスイッチ、押すだけでいいんだよね」

コードもちゃんと繋がってるし。

「ああ……ピントとか、大丈夫なのか」

「うん、それは、さっきやった。大丈夫……たぶん」

「じゃもう、やるっきゃねえんじゃね？」

そう、だよね。やるっきゃない、よね。

「うん、じゃあ……い、いきます」

現時点でカメラは、すべり台の方を向いている。

「いきます……よ」

「おう。早くやれ」

軽くいってくれるよね。まったく。

「お……押すよ」

「分かったよ。さっさと押せよ。じれってーな」

「んん……んっ、えいっ」

うわっ、ほんとに動いた。当たり前だけど、回り始めた。

レンズが、すーっとすべり台から、池の方を向いて、山を写してから、東屋に向かって――。

でもそこで、僕は極めて重大なことに気づいた。

「アッ……あっちゃん、伏せてッ」

「んあ？」

そりゃそうだよ。カメラ本体が回って、レンズの向きが変わるんだから、

「うわわわッ」

スイッチ押したままぼーっと立ってたら、僕たちだって写っちゃうんだってば。

それでも写真屋さんに戻って、一応、現像とプリントはお願いした。おじさんは三十分くらいでできるっていったけど、やっぱり慣れない作業だからか、実際には四、五十分かかった。

「まあ、宏伸。そう落ち込むなって。何事も経験だって」

そんなこといったってさ、あっちゃん。グレート・マミヤの初稼働は、一生に一度しかない、感動的な体験になるはずだったんだよ。僕にとっては記念すべき、三六〇度パノラマカメラの、ファーストショットだったんだ。それがさ、よりによってさ――。

「はい、できました……」

奥の作業場からおじさんが出てきた。両腕をいっぱいまで広げて、一枚の長い紙をつまんで持っている。

顔が、微妙に引きつっている。

「あの、まあ……これはその……単なるテスト、と思って」

そんな、見る前から慰めなきゃいけないくらい、ひどいんですか。

「こういう、ね……ことも、起こり得る、ミラクルなマシーンだと……いうことだよね」

おじさんはそれを、ガラスケースの上に広げた。

僕がなかなか直視できずにいると、隣であっちゃんの鼻が、グズッと変な音で鳴った。噴き出しそうになったのを、無理やり堪《こら》えたみたいだった。

「……うーわ……チョーこえ」

おじさんが、ハッとした目であっちゃんを見る。あっちゃんが、いけね、みたく肩をすくめる。

なんなんですか。そんなに、ひどいんですか——。

僕は、恐る恐る、顔を左の方に向け、そっちの端から、少しずつ見ていった。

まずは、すべり台。待っている子供が一人、写り込んでいる。この距離感は、まあまあいい。それから、池。これも、意外と綺麗に写ってる。で、途中から山がかぶってくる。思ったほど上下は広く入らなくて、山はあんまり山って感じがしない。そして池が終わり、東屋

が入ってきた辺りで、

「……ああ……」

僕の、ぶにょーんって横に伸びた顔が、景色のすべてを覆って、見開いた右目だけが、妙にはっきりと写っている。なのに顔の左半分は、どろぉーんって溶けちゃったみたいに、下の方に流れ落ちている。あっちゃんの後ろ姿なんて、途中でしゃがもうとしたもんだから、まったく意味不明な影になっちゃってる。見ようによっては、細長いネッシーみたいにも見える。

はっきりいって、そこらの心霊写真より、よっぽど気持ち悪い。

「……うそ……」

なんか僕、涙が出てきそうだよ。

でもさ、とおじさんが、向こうから写真の右側を指す。

「こっちの、下の風景とか、街の方とか、けっこう綺麗に撮れてるじゃない。今度この……自分が写り込んじゃうのさえ、注意すればさ、案外、いい作品が撮れるのは、早いかもしれないよ。……そう、だからこう……ちょっとしゃがめば、自分がフレームに入らなくなるくらい、気持ち高めに、カメラをセットするとかさ……そういう課題も、見えてくるじゃない、ここから」

そうそう、とあっちゃんが続ける。

「ロケーションは、まあ、けっこう当たりだったんだし。ここでもう一回トライしてみたっていいじゃん……あ、よし。じゃ今度は、あたしがフィルム買ってやるよ。……すんません。あれって、一本おいくらっすか」

「えーと、さっきのは、六百円……だったかな」

「じゃあ、十本ください」

えっ、十本も？　って思ったけど、なんか、僕よりおじさんの方が驚いてた。

「いや、ちょっと待ってよ」

ケースの向こうでしゃがみ込む。

「十本……は、ごめん。ないんだよね。五本パックが一つ、残ってるだけで」

「じゃ、それでいいっす。五本ください」

僕はあっちゃんの方を向いた。

「いいの？　そんな……五本も」

あっちゃんは、今までしたこともないような優しい顔で笑ってくれた。

「いいよ……宏伸の気がすむまで、好きなだけ撮りゃいいよ」

ああ、あっちゃん。僕、なんかさっきとは違った意味で、涙が出そうだよ。

「五本でおいくらっすか」

「うん、これは……じゃあ、二千五百円で」

おじさんは、五本パックの箱を引っくり返して見て、すぐ紙袋に入れてしまった。

「三千円じゃないんすか」

「いや、古い在庫だし。パックだから、サービス価格ってことで」

あっちゃんは、ありがとうございますって、三千円渡した。

おじさんは、こちらこそって、五百円お釣りをくれた。

僕は、手渡された五本パック入りの紙袋を、思いきり抱き締めたい気持ちでいっぱいだった。


ミヤモト写真館を出て、車で国道に出たのが、ちょうど六時頃だった。

東の空は薄い紫。西は鮮やかなオレンジ。こういう時間に撮るのも面白いだろうな、なんてことを、ちょこっと考える。

あっちゃんは、妙に真面目な顔でハンドルを握っていた。ときどき咳払いをしながら。

いくつめかの信号が赤で、でも、もうすぐ停まる、ってタイミングで青になった。チッ、という舌打ち。アクセルを踏みながら、ドリンクホルダーに挿しておいたタバコの箱に手を伸ばす。

片手で箱を開けて、器用に一本だけ銜《くわ》えて、火を点ける。ふはーって、ひと口吐いただけで車内は白く霞んだけど、運転席側の窓を全開にしたら、煙はすーっと外に逃げていった。

いつのまにか、あっちゃんの頬には笑みが浮かんでいた。

「……でもさ、まさかお前が、ああいうことで、泣いて悔しがるとは思わなかったよ」

ちょっと、人聞きの悪いこといわないでよ。

「僕、泣いてなんてないけど」

「いや、泣いてたね。少なくともあたしにゃ、そう見えたね」

まあ、泣きそうになってたのは事実だけど。

五本パックの入った袋を撫でると、湿った紙の音がした。ずっと両手で持ってたから、クタクタになっちゃってる。

「でもさ……うん。いいんだよ。悔しけりゃ、泣きゃいいんだ。むしろ安心したよ、あたしは。宏伸にも、そういうとこあるんだ、って……なんか、見直した」

何それ。褒《ほ》めてるの？　なんなの一体。

あっちゃんは、タバコを窓から捨てようとして、でも途中でやめて、備え付けの灰皿を開けて、その中に入れた。

次の赤信号で停まって、そこであっちゃんは窓を閉めた。くるくるっとレバーを回して。

そして、こっちを向く。

とても静かな目で、僕を見る。

「宏伸」

「うん？」

「忘れるなよ。今日のこと」

「ん……うん。忘れない」

と思うよ。たぶん。

8

そして僕は、いつでも、どこででも回るようになった。

まず朝起きて、自分の部屋でぐるり。

壁のヘコみ、画鋲やセロテープの跡、カーテンの日焼け、引き出しの壊れた整理箪笥《だんす》、色褪せた浜崎あゆみ、その隣に掛けてある中学の制服。隅から隅まで知り尽くした自分の部屋。なのに、グレート・マミヤの被写体として改めて見てみると、いつもとはまったく違った風景がそこに現われる。

机から、ぐーんと窓の方にいって、整理箪笥、アユ、制服から、ドアにパンして——。

うん。全然違って見えるけど、だからって特に、面白いわけでもなんでもない。なんか他人の部屋みたいに感じるって、ただそれだけ。別にこの部屋を撮る必要はないね。

「……おはようございまーす」

下に下りてったら、なぜかお母さんがエプロンをはずそうとしている。

「おはよ。あの、宏伸。お母さんこれから、町内清掃だから。自分でご飯食べて、ちゃんと時間通りにいきなさいよ」

「そう……うん、分かった」

「あんた洋輔くんがいなくなってから、ちょっとずつちょっとずつ、出るの遅くなってんだからね」

「うん……気をつける」

「ボケーッと、いつまでもテレビなんか見てんじゃないわよ」

「はぁい……いってらっしゃーい」

誰もいなくなると、つい、ダイニングでもぐるり。

レシピの切り抜きが貼りつけてある冷蔵庫、お祖父ちゃんに直してもらった電子レンジ、フライパンの載ったコンロ、ちょっと洗い物が溜まった流し台、去年ようやく我が家にも導入された食器洗浄機。そして、小さな庭に面した窓。

そこにはなんと、清掃用具をとりにきたお母さんが立っていた。

その口が、声にならないひと言を発する。

バカ。

あーあ。また変なところ見られちゃった。

それでも僕は、回ることをやめるわけにはいかない。

教室でも、それとなくぐるり。でもこうやってみて、初めて分かることだってある。

まず、三六〇度パノラマカメラって、ある一定の角度に関しては、どうしても逆光になっちゃうんだってこと。たとえばこの教室みたいな場所で撮ると、黒板や廊下側の壁はいいけど、それが窓の方に回ってくると、完全な逆光になってしまう。物は全部影になっちゃうだろうし、人の顔も暗くて写らなくなるだろう。まあ、それも含めて面白く撮れてしまえばいいわけだけど。

「……何やってんだ、ノロブー」

僕の右前に座ってる明が、いつのまにか振り返ってこっちを見上げていた。

「いや……別に。なんでもない」

「なんでもねーことねーだろ。さっきから見てりゃ、ニタニタ笑いながら、くるくる回ってやがって……キメーんだよ」

ああ。「キモい」より「キメー」の方が、よりいっそう人を傷つけるよね。実に君らしい言葉選びだ。

「はいはい……すみませんでした」

「バカテメェ、誰が座れっつったんだよ。何やってんだって訊いてんだ俺は」

「ほら、前向きなよ。もう先生くるよ」

「うそつけ、まだ……」

ちょうどいいタイミングで、谷村先生がドアを開けて入ってきてくれたんで助かった。明は忘れっぽい性格なので、以後、彼がこれについて訊いてくることはないものと思われる。


お昼休みは、屋上でぐるり。

ここで判明した、問題点その二。三六〇度見回すと、世の中にはたいてい一つや二つ邪魔なものがある、ということ。

たとえばこの屋上なら、階段室っていうのかな、屋上への出入り口になってる小さな部屋。あれが邪魔だ。いくら周りの景色がよくても、ああいうのが写っちゃったらNGだ。じゃあフレームに入らないように、いっそあの階段室の上に上っちゃうとか？　それもアリかもしれないけど、でも残念ながら、そこまでするほどここからの眺めは素敵じゃない。

「……ねえ、何やってんの、ノロブー」

おっと。いきなり三好がフレームイン。

「ああ、うん……ちょっと」

「ちょっと、なに」

「ちょっと……いえ、何も」

ふと、三好にはまだ、グレート・マミヤについて教えたくないと思っている自分に気づく。なぜだろう、なんて考えるまでもない。理由は実にはっきりしている。

三好に知られて、見せてっていわれて見せてあげて、撮らせてっていわれて貸してしまったら、もうグレート・マミヤは、僕だけの機械ではなくなってしまうからだ。それは絶対に嫌だ。しかも三好が撮ったら、今の僕より遥かに素晴らしい作品をモノにする可能性が高い。それは非常に困る。

巨大ロボットのパイロットというポジションを、新参者のヒロインに乗っ取られてしまう主人公少年。ちょうどそんな感じだ。それは、いくらなんでも情けなさすぎるでしょう。しかもそういう途中参加型のヒロインって、超美形ってのが必須条件でしょう。三好じゃちょっと、っていうかかなり無理があるでしょう。その無理無理なヒロインに、易々《やすやす》とグレート・マミヤ専従パイロットの地位を奪われるわけにはいかない。

「いや、ほんとなんでもないんで。ご心配なく」

得意の段違い眉毛。その下にある目が僕を睨む。

「……怪しい」

げっ。なんですか、その、無駄に鋭い洞察は。女の勘ってやつですか。

「……別に、怪しくなんか、ないでしょ」

「いーや、怪しい。っていうか、ここんとこノロブー、一人ぼっちなのに妙に楽しそうで、かえって気持ち悪い」

ねえ、僕のこと気持ち悪がるの、クラスで流行ってるの？　あえて黙ってるけどさ、僕だって傷ついてるんだよ、そういうひと言には。毎度毎度。

「そういえばアレ、どうだったの。マミヤのカメラ」

げげげっ。そうだった。マミヤのこと最初にネットで調べてくれたのって、そういえば三好だったんだ。

どうしよう。とぼけちゃおうか。でも、いつかいい写真が撮れて発表しようってなったときに、何で撮ったのか訊かれて、あのマミヤについて語れないような状況はマズい。でもいま喋っちゃうと、専従パイロットの地位が――。

「……あの、その……あのカメラ、は……ですね」

「つつーか、なにキョドってんの。変だよ」

え、そう？　そんなに僕、挙動不審？

「いや、別に……その……あれは、特に」

「もういい。そんないいたくないなら、いわなくてもいい」

三好はいきなり僕に背を向け、階段の方に早足で歩き始めた。

あれ。ひょっとして僕、三好を、怒らせてしまった?


その日の午後。僕は若干、三好に悪いなという気持ちを抱えつつ、また、下手に明を刺激しないよう細心の注意を払いつつ、すべての授業を終え、そそくさと教室を出た。

さあ、ここからは自由だ。これで心置きなく、ぐるぐるできるぞ。

ごちゃごちゃの駐輪場からマイ自転車を引っぱり出して、ぱしん。サドルに一発、活を入れてからまたがる。

漕ぎ出して、高台からの下り坂は、ブレーキを利かせてゆっくりめに。でもそれを過ぎたら、勢いよくペダルを踏む。

上手くいえないけど、僕は、ようやく世界を手に入れる方法を見つけたような、なんか、そんな興奮を覚えていた。

グレート・マミヤを使えば、僕は世にも不思議な三六〇度パノラマ写真を撮ることができる。もちろん、世界で唯一じゃない。あれは誰かがハンドメイドしたカメラだから、僕はそのイチ遣い手にすぎない。それでも、家電量販店で売ってるようなデジカメとは雲泥《うんでい》の差がある。もっとオリジナリティがあって、アイデンティティがあって、スペシャルな感じがする。あれを使えば、僕は好きにこの世界を切り取ることができる。

自転車であちこちいってみた。

前から素敵だなって思ってた、丘の上の教会。建物が全部入るよう、少し離れた場所に立って、両手でフレームの上下を大まかに作って、水平に三六〇度、ぐるりと風景を切り取ってみる。

ああ、どうしてもあの高層マンションが入っちゃうな。それ以外の眺めは抜群にいいのに。でもあのマンションを入れないアングルって、ちょっとあり得ない。いっそ爆破――なんてね。ウソです、ごめんなさい。

ちょっと遠いけど、思いきって海までいってみるってのはどうだろう。天気のいい日を狙ったら、まず一八〇度分の風景は保証される。あとは後ろ側だ。

もう早いところでは、海の家とかも営業してる時期だ。でも、そういうのはちょっと違う。僕としてはもっと、西洋画みたいに静かな写真にしたい。そうだ、岩場が近くて、海水浴にはあんまり向かない砂浜があったよな。あそこにいってみよう。

僕は教会のある丘から、海水浴場方面に抜ける道を下りた。で、通りに出たら、当てずっぽうで左に折れる。若干北側にずれるよう道を選びながらペダルを漕ぐ。

頭の中で現像した写真は、かなり素晴らしい出来だった。でも実際現地にいってみたら、やっぱり邪魔なものが一つや二つあるんだろうな、くらいの覚悟もしておく。あんまりね、ご都合主義で突っ走ると、裏切られたときのショックが大きいから。

と、そんなことを考えながら走っていたら、急に辺りの風景が開けた。畑だ。見渡す限り、ある一種類の植物が植えられている。

僕は慌ててブレーキを握った。ズザーッと後輪がすべって、図らずも僕を取り囲む風景が半回転した。

これって、どうだ――。

今、今日というこの日は、明らかにベストな撮影日ではない。でもそれは、近々必ずやってくる。それくらいのことは、小学生でも分かる。

ベストな撮影日。ここはどういう風景になる？　僕はどこにグレート・マミヤを仕掛ける？　時間は。午前中？　それとも夕方？　天気は？　そりゃ晴れてる方がいいに決まってる。快晴より、真っ白な雲がちょこちょこ浮かんでるくらいがいい。

なんか、震えがきた。

海もいいけど、ここの方が何十倍もいい。

すごい一枚が撮れそうな予感がする。

海にはいかず、かといって家にも帰らず、次に僕がいったのは、やっぱりお祖父ちゃんのお店だった。

「こんちはッ」

あっちゃんは読書中だった。しかもメガネをかけて。あっちゃんはなぜか、本を読むときだけ伊達《だて》メガネをかける習慣がある。

「あっちゃん、僕ね……」

しかもすごい集中力。基本的に形から入る人だけど、その方法でたいていのことをマスターしてしまうから驚きだ。

それとなくタイトルをチェック。環境計量士への近道、下巻？

あっちゃんは、もう二ページくらい読んだ辺りで本を閉じ、メガネをはずして目頭を揉んだ。

「……あたし、環境計量士、向いてるな」

「ふーん。今度は、それになるの？」

「いや、ならない。向いてるものにはならない」

やっぱり分からない。この人のポリシーって。

「……で、なに、宏伸。なんか用があったんじゃないの」

ああ、危うく忘れるところだったよ。

「そうそう。僕ね、すごいこと思いついたんだよ」

「へえ、そりゃすげーな」

あっちゃんは、机に置いてあった箱からタバコを一本抜き出した。細い指先にはブルー系のネイルアート。

「ちょっと、ちゃんと聞いてよ。あのね、さっき、教会から海の方にいく道を走ってたらさ……」

僕はさっき見た光景、そこで撮影するというアイデア、でき上がりはおそらくこんな感じというところまで、すべてをあっちゃんに話して聞かせた。

あっちゃんはタバコの煙を、天井に吹き上げながら聞いていた。

「……うん。なんか、よさげだな」

「でしょう？　絶対にいい写真が撮れると思うんだ」

「でも、満開はもうちょい先だろう」

「うん……いつ頃かな。いつ頃なら、あれって満開になるのかな」

あっちゃんは、お相撲さんカレンダーの横に貼ってある、この近辺の地図に目をやった。

「訊いといてやるよ。あの辺に、あたしの知り合いいるから」

「あっそう。うん、お願い……それと、撮影するときは、またあっちゃん手伝ってね」

「ああ。考えとく」

じゃあっていって、僕はお店から出た。自転車にまたがって、家の方に漕ぎ出してから、そういえばお祖父ちゃんから連絡とかないのかなって、ちょっと心配になった。

期末テストをなんとかやり過ごし、終業式が終わっても、

「……まだ早《はえ》えってよ」

あっちゃんによると、満開はまだのようだった。

『ノロブー。今月のノルマ提出、二十五日だっていってあったはずだけど』

三好部長に電話で催促されても、

「ごめん、忘れてたわけじゃないんだけど、僕の分だけ、ちょっと遅らせといて。ちゃんと、夏休み中には出すから」

僕はじっと、撮影日を待ち続けた。

ようやく報せがきたのは、七月三十一日。朝の十時頃だった。

『……宏伸、今日いこうぜ。満開らしいぜ』

「本当？　いくいく」

大急ぎで身支度を整えて、僕は下に下りていった。

「……宏伸、どこいくの」

「あっちゃんとこ」

「あんた、ちゃんと勉強してるの？」

「してるしてる」

「分かってんの？　あんた今年、受験生なんだよ？」

分かってるよ。そんな心配させるほど、一学期の成績だって悪くなかったでしょ。

「いってきまーす」

自転車を漕ぎ出すと、もう、頭の中まで風が吹き抜けていくようだった。暑さなんて、まったく気にならなかった。むしろ大歓迎。この太陽、この青空、この白い雲。そしてあの畑には——。すべての条件がそろっていた。これまでの人生で最良の日になる。そんな予感すら、僕は感じていた。

「あっちゃんッ」

「おう、こっちは準備オッケーだ」

っていうか、あっちゃん、なに、その恰好。

「……いいだろ、このシャツ。襟元のゼブラとバストトップのシルバーがポイントだ」

うん。色も真っ黒で、下ろしたてって感じだね。

「これな、ラメ入りのデニムだぞ。かーいーだろ。おととい東京で買ってきたんだ」

それ以前に、そのスカート、ちょっと短すぎない？　それと、付け睫毛《まつげ》。いつになくボーボーですけど。

「あっちゃん、今日って、畑で撮影……」

「わーってるよ。何事も気合いだろ、気合い」

「はあ……」

まいっか。ちゃんと手伝ってくれるんなら。

もちろん、車はいつもの軽ワンボです。荷台にグレート・マミヤを搭載したら、

「うっしゃ、レッツ」

「……」

「宏伸、レッツ」

「……ああ、ごー」

出発です。もちろん、冷房はすでにキンキンに利いています。暑いとお化粧が溶けるからね。でもあっちゃん。今日の、そもそもの目的ってさ――。

「……あっ」

いや、僕の抱いていたちっぽけな疑問なんて、目的の風景を目にした途端、風に吹かれたたんぽぽの綿帽子みたいに、

「ああっ、アアーッ」

青い空に舞い上がって、あっというまに消えてなくなった。

「すっ、すごい……あっちゃん、すごいよッ」

「ああ」

見渡す限りの、黄色い大地。

僕たちのいる世界を覆い尽くした、ヒマワリの花。

「停めて、あっちゃん、停めて停めてッ」

「まあ待て。落ち着け。こういうのは、どこで撮ってもいいってもんじゃねえだろ」

もうちょっといくと、麦藁帽子をかぶった男の人が道端に立っていた。あっちゃんはその人の手前で車を停めた。

運転席側の窓を開ける。

「うぃーす。まあ、ちょっと……よろしく頼むわ」

「ああ。しかし温子が、ヒマワリに興味持つなんてな。珍しいな」

「いや、そうじゃねーんだ」

それからあっちゃんは、その男の人を僕に紹介してくれた。

コイデトモヤさん。あっちゃんの高校の同級生で、今はお父さんと一緒にいろんな農作物を作っているらしい。っていうかあっちゃん、わざわざこんな人に案内を頼んでくれてたんだ。

「……で、これがその従弟。宏伸」

「よろしく、お願いします」

「ああ。よろしくな」

トモヤさんは真っ黒に日焼けしてて、ぱっと見は細身なんだけど、肩や腕の筋肉はガシッと硬そうで、すごいカッコよかった。休みの日はサーフィンとかやってそうだ。

「……じゃ、車はそこの、ポールのとこに停めといて」

「うぃっす」

「なに、カメラが、デカいんだって？」

「うっす。あたしじゃ持てねえ。ケースごと転がしてく」

「じゃ、ここで降ろして、そこの小道から入れちまうか」

「おいっす」

そっからはトモヤさんの指示に従って、グレート・マミヤを荷台から降ろし、畑の中に作られた細い通路を、ケースを押しながら進んでいった。

「……温子の説明じゃ、よく分かんなかったんだけど、なに……ぐるっとひと回り、三六〇度、撮影するんだって？」

「ええ、そうなんです。ちょっと、変わったカメラなんです」

「へえ……ほんとなんだ。温子のことだから、またなんかの冗談かと思ったぜ」

「るせぇ」

ある程度畑の中に入ったら、早速ポイント探し。

「道、少しずつカーブしてるし、交差もしてるから、いろいろ見てみるといいよ」

「はい、ありがとうございます」

僕はあっちでぐるり、こっちでぐるり。背伸びしてぐるり、中腰でぐるり。いろいろ試して回った。その間あっちゃんは、タバコを吸いながらトモヤさんと喋ってた。なんかお似合いな感じがするけど、どうなんだろ。あっ、ひょっとして今日って、トモヤさんと会うから、この暑いのにお洒落《しゃれ》してきたのかな。

ま、それについてはあとで訊くとして。

「……トモヤさん、決めました。あそこの、あのカーブの辺りにします」

「うん、そうだな。あの辺が一番、こう、密集した感じがするしな」

それから、二人にも手伝ってもらって、撮影ポイントにしっかり三脚を立てて、グレート・マミヤをセットした。

「宏伸、フィルムは」

「まだ。まだ入れないでいいの」

さらに高さを調節して、ファインダーを覗いてみる。空のまま回しながら、どういう風景が撮れるのかをチェックする。うん、いい感じ。でも、もうちょっと高かったらどう？　あ、これくらいの高さもいいね。どうかな。両方撮ってみようか。

「じゃあ、フィルムを入れます」

あ、暗幕を持ってくるの忘れてた。

「……すみません。フィルムを入れるのに、日陰が要るんですけど、ちょっと……二人で並んで、その、帽子でもいいですけど、影を作ってもらえますか」

二人は目を見合わせ、ちょっと笑って、いいよっていった。

「こんな感じかな？」

「はい、そんな感じで……ありがとうございます」

お陰で無事、フィルムのセッティングも終わりました。

「えーと……じゃあ、これから、撮影を、します。この、上の部分が、今やってたみたいに、一回転しますんで、その間は、写らないように、二人も、しゃがんでてください。お願いします」

あっちゃんがクスクス笑い出す。

「……この前よ、それで大失敗してよ……こいつ、顔が、ぐにょーんって、写っちまってよ」

「あっちゃんッ」

「そのショックで、泣いちまってさ」

「泣いてないってばッ」

もォ。せっかく僕がやる気になってるのに。テンション下げるようなこといわないでよ。

「へえ……これを、ぐるっと、撮るんだ……どうなんのか、さっぱり想像もつかねえな」

よかった。トモヤさん、聞いてなかったみたいだ。

「はい、じゃあ……いきますよ。もう、二人はしゃがんじゃってください」

「お前もな」

分かってるよ、うるさいな。

さあ、いきますよ。スイッチ押しますよ。

記念すべき、撮影第二回、スタート――。

9

灯台のサーチライトか、はたまた戦艦の大砲か。

僕のグレート・マミヤはスイッチを入れるや否や、周囲の風景をぐるぐると切り取り始めた。

「……あっちゃん、なんで笑ってんの」

口を押さえて、噴き出すのを堪えてる。

「分かんね……なんか、ウケる」

トモヤさんとあっちゃん、僕の三人で、カメラの下にしゃがんでるこの状況が？　まあ、確かにちょっと変かもしれないけど。

グレート・マミヤの中で、カラララッて音がした。フィルムが終わった合図だ。僕はスイッチから指を離して立ち上がった。カメラは一回転半くらいして、反対向きになっている。

「じゃ、あの……」

フィルムを取り出すのでもう一度日陰を作ってください、といおうと思ったんだけど、残りのフィルムは四本。そんなに同じ風景ばっかり撮りたくはない。

「あの、なんだよ」

早速タバコを銜《くわ》えたあっちゃんが僕を見る。

「うん……フィルム交換、今しようかな、どうしよっかなって……どうせだったら、もうちょっと時間が経ってから撮った方が、違う絵が撮れるかな、なんて思ったり」

「ああ。じゃあ、トモヤんちいこうぜ。風景が変わるまでって、一時間やそこらじゃねえだろ」

そんな、トモヤさんに悪いよ、とは思ったんだけど、

「おお、こいこい。ミチコも待ってる」

そんな感じは全然なかった。

っていうか、ミチコさんって誰?

グレート・マミヤを畑に放置するわけにはいかないので、いっぺん片づけて、うちの車に

載せて、それでトモヤさんの家に向かった。

　トモヤさんの家はすぐ近くで、すごく大きくて綺麗だった。農家っていうから古い和風の瓦屋根の家を想像してたんだけど、最近建て替えたんでしょうか。全然イメージと違った。むしろ街道沿いの住宅展示場にあるモデルハウスみたい。四角くて、外の壁は深緑のタイルみたいなやつで。屋根は三角じゃない。ビルみたいに平たくなってる。ベランダも広い。でも、庭をはさんで向かいにある、納屋っていうか、農業用機械を入れてある倉庫は古いままだ。トラクターとか、その他にもいろいろ、土に汚れた道具がたくさん納められている。

「ああーッ、温子ォーッ、久し振りィーッ」

　ふいに甲高い声がして振り返ると、あっちゃんよりはだいぶ背の低い、でもお腹が大きい女の人が玄関から出てきた。

「うぃーす。ワリぃな。トモヤ、ちょっと借りた」

「んん、いいのいいの、どんどん使ってやって。やることないと、すぐパチンコいっちゃうんだから……ねえ、上がって上がって。冷たいもんでも……あ、もうお昼にしよっか。素麺？　冷やし中華？　それともピザでもとる？」

　たぶん、この人がミチコさんなんでしょう。あっちゃんが遠慮がちに見えるほどテンションが高く、しかもやたらと早口だ。

　で、ひと通り言い終えてから僕の方を向く。

「あら？　ええと……温子って、弟くんいたっけ？」

それには、トモヤさんがすぐ反応してくれた。

「いや、従弟の宏伸くんだ」

僕はちょっと近づいてからお辞儀をした。

「内藤宏伸です。今日はトモヤさんに、ヒマワリ畑を案内してもらってて」

「ああ、そうなんだ。そうだよね。温子がヒマワリって似合わなすぎって思ってたんだよね。

そっかそっか……ああ、ミチコです。温子とは中学から、トモヤとは高校から一緒で、今は
この家で専業主婦やってます……えっと、宏伸くんは中学生？」

よかった。小学生？　って訊かれなくて。

「はい、中三です」

「そっかそっか。中三っていったら私と温子がC組で一緒で、文化祭んときに……」

途中で割って入るトモヤさん。

「とりあえず、入ろうぜ。あちーよ」

「あー、そうねそうね、ごめんごめん。そんなね、いつまでも玄関先で……」

ふいに「明るい農村」って言葉が頭に浮かんだ。これってなんだっけ。お酒の名前だっけ。

最初は麦茶とお菓子。すぐに冷やし中華をミチコさんが作ってくれて、それを四人で食べ

た。トモヤさんのお父さんとお母さんはいないのかな、と思ったけど、僕がいうのもなんかな、と思って訊かずにおいた。もしかしたらこの家、二世帯住宅みたくなってるのかもしれない。それくらい大きいし。

食事の間、三人はずっと高校時代の思い出話を——っていうか、メインで喋ってるのはやっぱりミチコさんだった。あっちゃんとトモヤさんは相槌《あいづち》を打ったり、ときどき「いや、それは」とか口をはさむ程度なんだけど、でも三人とも、すごく楽しそうだった。

僕もいつか、今の友達とこんなふうに思い出話をするようになるのかな。三好や、エディとかと。明は、ないな。あと、何かの都合でこっちに戻ってきた洋輔とか。

話を聞いていると、どうもミチコさんとトモヤさんの間を取り持ったのが、あっちゃん、ということらしかった。そんなふうにして付き合い始めた二人は、高校卒業の二年後に結婚。そして今、初めての赤ちゃんがミチコさんのお腹の中にいる、と。

「へえー、ヒマワリ畑を、三六〇度、撮影するの……ふーん。変わったこと考えるのね、宏伸くんは」

ミチコさんは、グレート・マミヤについても興味を持って、いろいろ訊いてきた。

「いや、僕が変わってるっていうよりは、カメラが変わってるから、それで撮る素材を探していたら、ヒマワリ畑に行き着いた……みたいな」

「そっかそっか。じゃあ、プリントしたら見せてね」

「はい。ぜひ、見てください」

また、あっちゃんがプッと噴き出す。

「……失敗……してなきゃな」

そうですね。はいはい。その通りです。


二時くらいに畑に戻って、同じ場所で撮影して。そうしたら夕陽の写真も撮りたくなっちゃったから、また片づけて、トモヤさんちに戻って、おやつをご馳走になって。五時頃にまた畑にいって、そのときはミチコさんも一緒にきて、最後の撮影を見学した。

「撮影のときは、しゃがむのね」

「はい、お願いします……でも、お腹大丈夫ですか」

「大丈夫よ。まだスキップだってできるんだから」

すかさず、よせよ、とトモヤさんがその腕をつかむ。やーね冗談よ、とミチコさんが笑う。

いや、本気だったろ、とあっちゃんがツッコむ。あの、僕はこういうとき、どういうリアクションをとればいいんでしょうか。

「いいわよ、宏伸くん。回しちゃってちょうだい」

ああ、ゴーサインはミチコさんが出すんですか。

「はい……じゃ、みなさん、しゃがんでください」

しゃがみ、ましたね。

「はい、じゃあ……回します」

モーターが作動し、グレート・マミヤが自転を始める。

なんか面白いね、とクスクス笑うミチコさん。黙ってろ、とトモヤさん。声は入らないからいいんじゃね？　と呟くあっちゃん。そうだね。あっちゃんが正解。

「……はい、終わりました。ご協力、ありがとうございました」

なんとなく、みんなで拍手。

うん。いい写真が撮れたような気がします。今回は。


ミチコさんが、できあがりも見たい、と言い出したので、急遽四人でミヤモト写真館にいくことになった。でも、畑から直行するというアイデアはあっちゃんに却下された。

「いったん、トモヤんちに寄ろう」

「なんで。写真館、閉まっちゃうよ」

「大丈夫だよ。どうせあの店に住んでんだから。呼びゃ出てくるよ」

「っていうか、なんでトモヤさんちに寄るのって訊いてるの」

「化粧直すんだよ」

それをさ、さも当然のように主張できるって、ある意味強いよね。

結局、トモヤさんの家に寄って、お化粧を直す間、僕とトモヤさんは外で待ってて。トモヤさんがグローブを持ってきて、できるかって訊くから、できるっていって、十分くらい二人でキャッチボールをやった。

それからうちの車と、トモヤさんのスポーツカーの二台で街に出た。写真館に着いた頃にはもう六時半近くになっていた。

「こんばんは。ごめんくださーい」

戸を開けて僕がひと声かけると、すぐに玉のれんを揺らして、おじさんが出てきてくれた。

「ああ……いらっしゃい」

ぞろぞろと四人で店内に。人数が倍になっていることに、おじさんはちょっと驚いてるみたいだった。

「例のカメラで、撮ってきました」

「お、やったな」

早速カウンターに撮影済みのフィルムを並べる。箱には一応、撮った順番に番号が振ってある。

「今日のところは三本です。お願いします」

おじさんがニヤリとする。

「今回は自信あり……だね？」

「はい。今のところ」

「よし。じゃ、ちょっと待ってて。この前よりは早くできると思うから」

そうはいっても、最初の写真が出てくるまでにはやっぱり、三十分ちょっとはかかった。

おじさんが奥から顔を出す。

「ごめん……君のお名前、訊いてなかったね」

「あ、僕ですか？　内藤です」

「じゃ、内藤くん……お見せするのは、箱に書いてある順番がいいのかな」

「はい、そのように。お願いします」

すると前回同様、写真の両端をつまんで、両手でいっぱいに広げるようにして、おじさんが写真を持ってきた。それをカウンターに広げてみせる。

「おっ、こりゃスゲーな」

「うん……なんか幻想的。うちの畑じゃないみたい」

空は、水を入れたばかりのプールみたいな、澄みきった青。雲は、雨を降らせる気なんて微塵もなさそうな、混じり気のない白。そして、大地を覆う黄色――。

写真左手。スタート付近のヒマワリは、きっちり左を向いている。でも徐々にこっちを向き始め、四分の一辺りで、すべての花が正面を向く。それから少しずつ右を向き始め、それを過ぎると後ろ向きになっていく。完全な後ろ向きになったら、また左向きに返っていく。

最後にきっちりと左向きに戻って、写真は終わる。

さっと見回すだけで、ヒマワリ畑にいるような錯覚に陥る。そんな一枚だ。

「あっちゃん……」

「うん。こりゃ、傑作だな」

おじさんも深く頷いてくれた。

「後ろ向きのヒマワリなんて、普通の人は撮らないけどね……でもこうやって撮ってみると、いいもんだね。ほんとに、花に囲まれてるみたいだ」

二枚目の方は、まあ、構図は同じなんだけど、空の色が午前と比べて、全体に白っぽくなっちゃってたんで、僕は一枚目の方が好きだった。

しかし、本当にいいのは三枚目だった。

圧巻だった。ダントツだった。

誰もが言葉を失っていた。

夕陽を浴びるヒマワリが、薄紫の空を背景に、よりいっそう濃い黄色に花びらを輝かせている。ゆっくりと目を移していくと、オレンジ色の夕焼けの真ん中には、弾けそうに白い太陽が、まるでヒマワリの親分みたいに力強く浮かんでいる。そんな夕陽を受けて透けた花びらは、影絵のような、どこか懐かしい色をしている。正面と対面の間を繋いでいるのは、徐々に向きを変えていくヒマワリの横顔と、途切れることのない、オレンジと紫の、グラデーションの空――。

僕は、胸を張って大地に立つ、剝き出しの生命の逞《たくま》しさと向かい合っているような、そんな気がして、なんだか震えがきそうだった。同時に、両手いっぱいに夏を抱え込んで独り占めしているような、贅沢な気分にもなる。

そう。僕は夏を、丸ごと切り取ることに成功したのだ。

自分で撮った写真を、こんなにいいと思えたのは、今この瞬間が初めてだ。

ふいにあっちゃんが写真を指差した。しかも二ヶ所。太陽の付近と、その数十センチ右、向きでいえば真向かいの辺り。

「でもさ……この写真、おかしくね？」

うっそ。今この傑作に、ケチつけますか、あなた。

「って、何が？」

「だって、ヒマワリ、太陽に向いてねーじゃん」

なんですと？

あ、ほんとだ。全体的な構図の見事さに、って自分でいうのもどうかと思うけど、とにかく目を奪われていて、僕はちっとも気づかなかった。でも、いわれてみればそうだね。三六〇度、どのヒマワリも、測ったようにきっちりと太陽に背を向けている。すごく明るく写ってるんで気にならなかったけど、夕陽を浴びて輝いているのは、よく見たらヒマワリの顔じやなくて、後頭部だ。

「……あれ、知らなかった？」

そういって、トモヤさんがみんなの顔を見回す。僕とあっちゃん、おじさんの三人は、キョトン。ミチコさんは、僕らとトモヤさんを交互に見比べている。

あっちゃんが、ムッとしたように眉根を寄せる。

「知らなかったも何も……ヒマワリってのは、太陽にずっと顔を向け続けるもんだろうがよ。ひょっとしてこれ、ヒマワリじゃねえんじゃね？」

そんな無茶な。

トモヤさんが答える。

「いや、それが違うんだな。ヒマワリが太陽に顔を向けて動くのは、実際は生長期だけでさ。具体的には、ツボミがつく頃までなんだよ。花が開く頃にはもう生長は止まってるから……ああ、茎のね。茎の生長が止まっちゃってるから、だからもう、太陽は追わないんだ」

あっちゃんがおじさんに、知ってました？　と訊く。おじさんは、知らなかった、と首を横に振った。さらにミチコさんにも訊く。ミチコさんは笑いながら、私もお嫁にきてから知った、っていってた。

「そうかな、学校で習わなかったかな……俺はガキの頃から知ってたから、別に疑問にも思わなかったけど」

おじさんは、じゃあ今回はこの三枚でいいね、と僕に訊いた。僕が、はいと答えると、短いラップの芯みたいなのに、長い長いパノラマ写真を巻き始めた。

「ネガ、少し預からせてくれるなら、ちょっと焼き方とか工夫してやってみるけど」

「え、ほんとですか。ありがとうございます。お願いします」

それよっかさ、とあっちゃんが割って入る。

「今回は、夕方に撮ったから、太陽に背を向ける恰好になっちまったわけだろ……ってことはさ、今度は朝陽が昇るときに撮れば、ちゃんと太陽に顔を向けてるのが撮れる、ってわけだよな。な？　トモヤ」

「まあ、理屈でいえば、そうなるよな」

うん、そうだと思うけど。たぶんそれは無理だよ。

あっちゃん、夜更かしは得意だけど、朝早いのは苦手じゃん。僕、あっちゃんがいないとグレート・マミヤ運べないし。

いいよ、僕。この夕陽の写真、すごく気に入ったから。

お会計を済ませて、

「じゃ、失礼します」

「うん、またきてね。次の作品も楽しみにしてるから」

「はい、がんばります」

四人でお店から出た。

その途端、

「……あ、ちょい待った」

あっちゃんがお店を振り返る。

「いや……いいや、トモヤとミチコは帰っても。あたし、用事思い出した」

そういって、お店を親指で差す。

「ああそう。じゃあ、私たちはお先に、帰ろうか」

「そうだな。じゃあな、宏伸くん。今度は早起きしてこいな」

「はい。あの……今日は一日、どうもありがとうございました。いろいろ、ご馳走さまでした」

というわけで、二人は自分たちの車に乗って帰っていった。

あっちゃんは車の見送りもそこそこに、

「お前は、ちょっとここで待っとけ」

お店に戻ろうとする。

「なに、用事って」

「いいから。お前はここで待っとけ」

戸を開けて中に入っていく。

なんだかな、もう。

おじさんはまだカウンターにいて、あっちゃんはその手前に立って、すぐに何か話し始めた。おじさんはニコッと笑って、カウンターの向こうにしゃがんだ。ああ、あっちゃん、また新しいフィルムを買ってくれるつもりなんだ。でも、だったらなんで僕は外で待ってなきゃいけないいんだ？　一緒に入ったってよかったじゃないか。

むむ。待てよ。

あの、少し相手を見上げるようにしてする、パチパチッとした瞬《また》き。唇の両端を、少しだけ上げる笑い方。あれって、あっちゃんの「勝負スマイル」じゃないか。僕は知っている。だって、実験台になったの僕だもん。なあ、どの笑い方が一番ドキッとする？　目の角度は？　口の開き具合は？　顔の向きは？　そんなふうにして作り上げられた、あっちゃんが一番綺麗に見える表情。あっちゃんがいうところの「天使の微笑《ほほえ》み」。僕がいうところの「小悪魔の企み」。

まさか、あっちゃん――。

会計を終えたらしく、この前僕がもらったのと同じ紙袋を持ったあっちゃんが、一度お辞儀をしてからこっちに歩いてくる。それを見送るおじさんは、なんかちょっと、ぼんやりした表情になっている。

お店から出て戸を閉めるのも、後ろ手で適当にじゃなくて、ちゃんとお店の方を向いて、丁寧に両手で閉める。

「……よし、帰るぞ宏伸」

「ん、うん」

車に乗るなりあっちゃんは、マズいな、マズいな、と呟き始めた。エンジンをかけて走り出しても、ずっとそう繰り返している。

どうやら、僕に訊いてほしいらしい。

「何が、マズいの？」

ストレートの茶髪を、わさっと右手で掻き上げる。

「また……惚れさせちまったな」

エエーッ、何それ。

「あのおっさん、もう……あたしに夢中だな」

違うじゃん違うじゃん。あっちゃんの方から「勝負スマイル」仕掛けたんじゃん。僕、見てたんだよ。知ってるんだよ。仮におじさんがあっちゃんのことを好きになってたとしても、そう仕向けたのはあっちゃん自身でしょう。

そうか。このためにあっちゃん、今日は朝からお洒落してきてたのか。やたらとお化粧を気にしてたのか。僕、全然読めなかったよ。迂闊《うかつ》だった。

「マズいな……近々あたし、写真館の嫁になるかもな」

女って、ほんと怖いな。

10

撮影から三日して、写真館の宮本《みやもと》さんが「もっといい色で焼けたから見においで」と連絡をくれたので、いってみた。

いや。正確にいうと、あっちゃんが宮本さんに自分の携帯番号を渡していたらしく、まずあっちゃんのところに連絡が入って、それで僕が誘われるという流れではあったんだけど。

「あれだな。これは、あたしに会うための口実だな」

そうだね。そうかもしれないね。

でも実際にいってみると、宮本さんはちゃんと、前回よりもいい色合いでプリントされた写真を見せてくれた。具体的にいうと、明るいところはより鮮やかに、逆光になっている部分はコントラストが優しめになって、ずいぶん明るく見えるようになっていた。

「ハイライトのところはネガの濃淡をセンシングしつつ、焼き付け時間を長めにしてやってみたんだ」

すごい。

「こんなこと、できるんですか……僕、三六〇度撮ったら、必ず逆光になる角度ができちゃうなって、そこまでは一応気づいてたんですけど……撮影のときは、すっかり忘れてました」

宮本さんは、いつものように優しく笑ってくれた。

「逆に、それを気にしてたら面白い写真は撮れなくなっちゃうよ。だから内藤くんは、細かいことは気にしないで、思いついたら、クルクルッと撮ってくればいいよ。プリントは、プロに任せて」

「はい。ありがとうございます」

写真は、午前、午後、夕方の全パターンがあったので、僕は「全部ください」といってもらってきた。

今回はあっちゃんじゃなくて、ちゃんと僕が自分のお小遣いから払った。

家に帰って比べてみると、鮮やかバージョンもいいけど、最初のも素朴な味わいがあっていいよな、なんて思った。

とにかく、一気にコレクションが増えた。

ヒマワリ畑の三六〇度パノラマ写真が、六枚。

僕の、大の宝物。

もう、画鋲で穴を開けるのも嫌だったから、なんとか無傷のまま壁に貼る方法はないかと考えた。結局、写真屋さんがサービスでくれるミニアルバムをバラして、壁に貼りつけて、それにパノラマ写真を通すようにして飾った。六枚全部は無理だから、三枚だけ。あとは日替わりで入れ替えってことで。ちなみに、ちょっとスペースが足りなかったもんで、申し訳ないけどアユのポスターには引退してもらった。またいつか貼るかもしれないけど。

そんなふうにして飾ったヒマワリ畑を眺めていると、とても幸せな気分になれた。

洗濯物を届けにきたお母さんも見て、何これ、って驚いてた。僕が撮ったんだよっていったら、もっと驚いてた。それで出てってくれればよかったんだけど、やっぱり最後に「写真ばっかりやってないで勉強もしなさいよ」っていわれちゃった。微妙にヘコんだけど、まあ、しょうがないかな。僕が高校受験を控えた中学三年生であるのは動かしようのない事実だし。

でも。何日かすると、変な焦《あせ》りも僕の中に生じ始めた。いや、勉強じゃなくて、写真のこと。というのは、なんか、いきなり最高の一枚が撮れてしまったお陰で、逆に次のアイデアが出づらくなってしまったのだ。

どうもこう、ヒマワリ畑を超えるような風景が浮かんでこない。家の周りを歩いてみても、テレビを見ていても、あれ以上の三六〇度パノラマはあり得ないんじゃないかって、そんな気がしてきて仕方がない。

ぐるっと見回して、すべてが素敵で、素晴らしい眺め。そりゃ、ヨーロッパとかまでいって、寺院を囲む古い街並みでも撮れれば面白いんだろうけど、そんなの無理に決まってるし。いまさら、高台の公園で撮り直したいとも、海水浴客で賑《にぎ》わう近所の海を撮りたいとも思わないし。

自転車であちこちいってみても、なかなかあの日のような閃きには出会えなかった。挙句、畑の中の道を走ってたら、突然後輪のブレーキがぶっ壊れるし。レバーを握っても全然手応えがなくて、見たらレバーと繋がってるワイヤーがぶち切れてた。日々酷使してるからね。そろそろ寿命だったのかな。

これくらいの故障、普段ならお祖父ちゃんが直してくれるんだけど、いないんだよな、なんて思いながら、あとは前輪のブレーキだけを使って走った。

次の角を曲がって、真っ直ぐいったらもう家に着く、というところまできたとき、声がした。

「あっ、内藤くん……」

ちょっと高い、フルートみたく澄んだ声。

前輪で急ブレーキをかけたもんだから、危うく前につんのめりそうになった。っていうか、いまどき誰。僕を名字で呼ぶ人って。

恐る恐る、でもないんだけど、振り返ってみたら、

「あっ……」

なんと。一つ手前の角のところに、あの、安藤エリカが立っていた。黄緑のTシャツに、デニムのミニスカート。細い脚。真っ直ぐな長い髪は部活のときと違い、結ばないで後ろに垂らしてある。

手提げのバッグを揺らしながら、とことこっと小走りで、こっちに近づいてくる。

「よかった。今、ちょうど内藤くんの家を探してたところなの」

げっ、げっ、げっ。なんで安藤エリカが、僕の家を探すんですか。

「え……あ……そう」

「この辺り、なんだよね」

「うん……そこ……曲がって」

「ああ、曲がるんだ。私、もっと向こうの方かと思ってた。じゃあ、やっぱり会えてよかった」

そんな、会えてよかったなんて――。

僕がなかなか喋れずにいると、なぜか安藤エリカは、僕の隣に並んで、いきましょう、みたいな顔で歩き始めた。だから僕も、自分だけ自転車にまたがってるのもなんなんで、降りて、押しながら歩いた。もちろん、二人の間に自転車がはさまるような位置関係で。

こういうの、「二人だけの空間」みたいで嫌だなって、三好とのときは思ったんだけど、そんなことは今、思うはずもなく。僕はちらちらと安藤エリカの横顔を盗み見ては、一体僕になんの用なんだろうと考えたり、髪が風に舞い上がって僕の顔にかからないかな、なんて変なことを期待したりしていた。

角を曲がった途端、彼女はいった。

「そっか。洋輔くん家から真っ直ぐって、こういうことか」

喉に何か詰まっちゃったみたい。僕は、すぐには返事もできなくて。自分でも悲しくなるくらい、ぎこちなく頷いただけだった。

「私、あっち向きに真っ直ぐだと思ってた。危ない危ない……また迷子になるところだった」

そして僕を見て、ニコッ、とする。

困ります。こんなに間近で、そんな、ドラマに出てくる女優さんのような笑顔をされては。しかもあなたは、おでこも、頬も髪も、シャワーを浴びたばっかりみたいにサラサラで。それに比べて僕は、ずっと自転車を漕いできて急に歩きになったせいもあるけど、全身汗でドロドロで。クサくないですか。僕いま、ニオってないですか。

「……する？」

えっ、こんな僕と、何を。

「あ、ごめん……ちょっと、聞こえなかった」

「ああ、私も、ごめんなさい。よく、エリカの声は聞きとりづらいって、もっとはっきり喋ってって、ルコにもいわれるの。……その、だから、洋輔くんと、メールとかする？　って、いったんだけど」

確かに、ちょっと舌っ足らずな感じはある。でも、そこが逆にいいというか、なんというか。ルコっていうのは、たぶん同じ陸上部の、飯島春子《いいじまはるこ》のことでしょう。

「ああ、洋輔……メール……いや、全然」

「そうなんだ。私は、ようやく最近、週一くらいでするようになったんだけど」

とかなんとかいってるうちに、着いてしまいました。

「あの……ここ」

恥ずかしながら、これが僕ん家です。一瞬、じゃあっていって自分だけ入ろうかと思ったけど、違う違う。

「えっと……僕に……何か」

用があったんですよね。

すると安藤エリカは、ああといって、バッグから何か取り出そうとした。

「その……私ね、ずっと、これの意味が分かんなくて」

出てきたのは、一枚のＣＤケース。

あっ。

「引っ越す前に、洋輔くんがくれたんだけど、ケースはサザンなのに、中身はケツメイシなのね。なんか深い意味でもあるのかな、私、実は嫌われてて、これってなんかの意地悪なのかなって、ずっと思ってて。それで、メールもできなくて……でも、ようやく決心して、嫌われたんだったら、それでもいいやって思って、メールしたら……これの反対バージョン、たぶん内藤くんが持ってるって、返事がきて。中身確かめないで渡してゴメンって、逆に謝られちゃって。私、一人で笑っちゃった。悩んでたのがバカみたい」

そっか。安藤エリカでも、そんなことで悩んだりするんだ。

「持ってる、よね？　これの反対バージョン」

「ああ……うん、持ってる」

「よかったらこれ、正しい組み合わせに、取り替えっこしない？　私、サザンってちゃんと聴いたことなかったから、聴きたいなって、思ってたんだけど」

っていうか、取り替えっこ、っていう台詞が、なんか、妙にくすぐったい。

「……ダメ、かな」

僕は超高速で首を横に振った。そんなこと、全然ありません。あり得ません。

「じゃあ……うん、探してくる」

それから、家の前まで自転車を入れて、玄関を開けて。でもそこで、僕はようやく気がついた。いま安藤エリカが立っているのは、カンカン照りの道端。

「あの……よかったら……入る？」

彼女は、ちょっと考えるみたいに目を泳がせた。

「……うん。じゃあ、お邪魔します」

うわうわ。僕が誘ったんだから当たり前だけど、あの安藤エリカが、僕ん家の玄関に入ってくるよ。いや、ちょっと待て。この状況、どうやってお母さんに説明したらいいんだ。っていうか、なんでお母さん、出てこないんだろう。

「……ただいま……」

二度いってみたけど、返事がない。

あれあれ。こういう場合、どうしたらいいんだっけ。親がいない家に、女の子がきちゃった場合って。確か洋輔の部屋に、三好は遊びにいったことがあるみたいだったけど、別に僕と安藤エリカは、そういう間柄ではないわけだし。部屋は片づいてるんで、ちっとも恥ずかしくはないんだけど、でもいきなり部屋まで上がるっていうのは、彼女的にも、嫌かもしれないし。

「あの、ごめん……僕の部屋」

散らかってる、までいう前に、

「うん、大丈夫。私はここで」

彼女は細い指の並んだ手を、扇ぐように振ってみせた。

ちょっと安心というか、残念というか。

「じゃ……ちょっと、待ってて、ください……すぐ、探してきますから」

僕は靴を脱ぎ、階段を上がって自分の部屋に向かった。

確か洋輔にもらったあれは、ＣＤを並べた棚の、一番端っこに入れておいたはず。

でも見てみたら、あれれ、変だな。ないな。この辺に入れておいたはずなのに。中の方に交じっちゃったかな。これは「モー娘。」だし、これはゲームソフトだし。

ん、下でなんか声がしたな。お母さんが帰ってきたのかな。

慌てて部屋から出ると、なぜか安藤エリカの声が聞こえてきた。

「……内藤くーん、お客さーん」

「あっ、はァーい」

階段の上から覗くと、なんと、安藤エリカと並んで玄関に立っているのは、

「……あ、ノロブー発見」

三好奈々恵だった。ビシッ、とこっちを指差している。

「ちょっと……なんで」

こんな日に限って。

「お邪魔するわよ」

　三好は勝手に玄関に上がって、そのままズンズン、階段を上ってくる。安藤エリカと大差ない、ピンクのTシャツにデニムのスカートって恰好なのに、なぜにここまで圧倒的な威圧感が生まれるのでしょう。

「うわ、うわ、なに」

「何じゃないわよ、この幽霊部員が」

　あっという間に距離を詰められ、自分の部屋まで追い込まれる僕。

「……あんたねェ、ノルマの写真は出さないわ部費は滞納するわ、挙句に家に安藤エリカを連れ込んで何しようってのよ」

「えっ、ぼ、僕、何も」

「っていうかエアコンくらい点けてよ。暑いでしょ」

「うん……了解」

　なんだかよく分かんないうちに、僕はエアコンのリモコンを探す破目になった。その間に三好は、勝手に下に声をかけにいった。安藤さんも上がったらどう、って。なんなんですか。あなたのその、常に迷いのない行動を後押ししてるものって。

　リモコン、あった。えい、強風、二十四度でどうだ。

「すみません……お邪魔します」

「そういう挨拶いらないから、早く入ってドア閉めて」

どうして。どうして安藤エリカが僕の部屋を初めて訪れているというのに、あなたという人は、感動のひと欠片《かけら》も残さず土足で踏みにじって蹴散らすような、残酷な真似ができるんですか。っていうか、初めてきたのはあなただって同じでしょう。なに勝手に本棚からアユの団扇《うちわ》抜き取って使ってるんですか。

僕は安藤エリカに頭を下げた。

「ごめん……暑いでしょ……適当に、座って」

「うん、玄関の方がまだ涼しかった」

僕は三好にいったんじゃないッ。

「私は、大丈夫……暑いの、慣れてるから」

ほら、聞いた？　三好。今の聞いてた？　聞いてなかったでしょ。エアコンの真下にいって冷風を独り占めするのに夢中で。

いや、適当に座ってっていわれても困るか。床に直接じゃ座りづらいし、ベッドは遠慮したいだろうし。確か、籐で編んだ夏用の座布団が向かいの部屋にあったような。

探しにいってみたら、やっぱりあった。じゃあお二方は、これにお座りいただくということで。

えーと、それから。そう、ＣＤだ。ケースはケツメイシで、中身がサザンのあれは、一体どこに。

「……ノロブー」

なに、うるさいな。部費だったらあとでちゃんと払いますよ。

「何これ」

ハァ？　あなたねぇ、他人の部屋にずかずか上がり込んで、勝手に家探しとかしないでくださ――、

「あっ」

うわうわ、それは、あの、

「……素敵。綺麗」

ああ、安藤さん。ありがとうございます。

「これは何かって、あたしが訊いてるんですけど」

マズい。この世で一番見られたくない人に、見つけられてしまった。

「いや、それは、ですね……その……」

「なぜキョドる。あたしは何って訊いただけでしょ」

「ああ、はい……それは、つまり」

「誰が撮ったの」

一応、自分を指差しておく。

「どうやって撮ったの」

グレート・マミヤ、とひと言で片づけるわけにもいかず。

「……ちょっと、特殊なカメラで」

「どんな」

「それは……だから、マミヤの、RBロクナナを」

ベースにしたというか、搭載したというか。

三好の眉が、例の段違いになる。

「はっはあ。だからノロブー、一学期に、マミヤがどうのこうのいってたのか」

「……はい」

とうとう、バレてしまいました。

「どうりで。おかしいなって思ってたんだよね。デジカメもろくに使いこなせないあんたが、銀塩って。しかも、あんなマニアックなモデルに興味持つなんて。変だと思ってたんだ」

三好さん。何も今、安藤さんの前で、そこまでいわなくてもよくないですか。

「すごぉい……この、夕陽のが特に、綺麗……これってあそこでしょ。海岸にいく道の途中にある、ヒマワリ畑でしょ？」

安藤さん。今の僕にとってあなたは、弱みであるのと同時に、心の支えでもあるのです。

「そう、あの辺……ちょうど従姉が、畑の持ち主の知り合いだったから、撮らせてもらえたんです」

「なに敬語使ってんのよ嫌らしい」

別に敬語じゃありません。ただの丁寧語です。

三好がぐるりと室内を見回す。

「……見してよ。三好だったら、絶対にそういうと思ってたよ。そのマミヤのカメラ」

ほらきた。三好だったら、絶対にそういうと思ってたよ。

「いや、ここにはないんだ」

「ああ、お祖父さんのお店か」

ほんと、無駄に鋭いよね。あなたの推理って。

「うん。まあ」

「なあに？　お祖父さんのお店って」

安藤さん、それはですね、って僕が始める前に、

「廃品回収のお店、知らない？　こっから駅の方にちょっといったところにある、リサイクルショップ竹中ってお店」

やめてよ、そういう説明。「廃品回収」はＮＧワードだって。

「んー、知らない……かな」

「そこ、ノロブーのお祖父さんがやってるお店なんだって。あたしも入ったことはないんだけどね。前はよく通るから知ってるの」

そこまでいって、三好はこっちに向き直った。

「じゃ、いこうか」

「えっ、どこに」

「お祖父さんのお店に決まってるでしょ」

できることならば、それは、ご遠慮いただきたいのですが。

「いや……お祖父ちゃん、ここしばらく、留守なんだよね」

「いいじゃん。どうせ、例のお姉さんが店番してるんでしょ」

バレてるし。まあ、あっちゃん目立つからな。しょうがないか。

「内藤くん……私もそのカメラ、ちょっと、見にいってもいいかな」

安藤さん。やっぱりあなたは、僕にとって、弱みかもしれません。

「ああ、どうぞ……汚い店ですけど」

「でもさ、そのお姉さんはすごい綺麗なんだよ」

「え、内藤くんのお姉さん？」

「いや、従姉なんだよ……ね、ノロブー。そうなんだよね」

はい、その通りです。部長。

それはそうと、安藤さん。ＣＤ見つからないんですが、どうしましょう。

11

いや、ありました。ＣＤ。いつか洋輔に返そうと思って、別個に机の引き出しにしまっておいたんでした。

「あの、これ、です……安藤さん」

「ありがとう。じゃあ、私のこれと取り替えっこね」

「あ……はい」

互いにケースを開き、中身のディスクを交換するという、なんとも儀式めいたこの行為を、極めて冷徹に見つめている人がいます。

「……何やってんの、あんたら」

やっぱりな。そう訊くよな、三好なら。でも説明したくないな。だって、洋輔と安藤さん、三好って組み合わせは、いわゆる三角関係なわけでしょ？　その洋輔の置き土産の取り違えを、僕と安藤さんの間でやり取りしてて、三好はいわゆる蚊帳《かや》の外、みたいな話は、できることならこの場では――。

「うん。これね、洋輔くんが私にくれたんだけど……」

安藤さん。あなたという人は、その美しい顔で、涼やかな声で、なんというトラブルメイクな発言をなさるのですか。っていうか、なんで三角関係の当事者でもない僕が、こんな気まずい思いをしなくちゃならないの。

「……へえ、そうなんだ」

イタイ痛いイタイ痛い。三好さん。あなたのその目で見られるだけで、僕はもうなんか、肌がエグレそうですよ。毛も抜けそうです。

「ま、それはいいとして。お店いこうか。ノロブー」

なんか、いつもより「ブー」に力入ってるし。僕とすれ違うとき、ぼそっと「覚えとけ」とかいうし。震え上がりますよ、ほんと。


いざ出発、ってなったってね、この三人じゃ何を話していいのか分からないわけですよ。迂闊に洋輔の話題とか出して、これ以上気まずい思いはしたくないし。

「洋輔くんの引っ越してった方って、きっと今頃でも、涼しいんだろうね」

またぁ、安藤さん。どうしてそういうネタを、今わざわざ振るかな。僕も、段々分かる気がしてきましたよ。一部の女子が、あなたのことを嫌っている理由が。むろん、男子である僕の気持ちは変わりませんけれど。

「今日はあっち、最高二十八度。まあ、エアコンなしでも平気でしょ」

こわっ。三好、ひょっとして、毎日あっちの天気までチェックしてんの？

「へえ、三好さんすごーい。毎日、全国の最高気温覚えるの？」

「んなわけないでしょう」

「私、こっちのもちゃんと見てないよ。三十度超えるって分かると、それだけでヘコむから」

「ちなみにこっち、今日は三十四度までいくから」

「やーん。倒れそう」

「あんたさっき、暑いの慣れてるっていわなかったっけ」

「うーん。でもやっぱ、三十四度はキツイよ」

「今どきの暑いは三十四度からでしょう」

やめて。お願いだからもう、二人で会話するの終わりにして。

ちなみに今現在の並びは、二人が前を歩いて、僕が後ろからついていく陣形になっております。時刻は、二時半ちょい過ぎ。ですんで、今がまさに、その三十四度辺りなのではないかと。

「内藤くんは、暑いのと寒いの、どっちが好き？」

かといって、話題に巻き込まれるのも困るんですけどね。

「あ、僕は……まあ、どっちかっていえば、寒い方、かな……まあ、ほんとは春頃が、一番好きなんだけど……」

三好が、鼻で笑いながら振り返る。

「その眠たい感じが、実にあんたらしいわ」

「私も一番好きなのは春。でも最近花粉症が出始めちゃったから、つらいの」

安藤さん。今ちょっと、三好の発言の語尾にかぶせたでしょ。そういうの、マズいと思いますよ。あなただから無事ですけど、僕が同じことしたら蹴っ飛ばされますからね。確実に。

その後は、まあ特にマズい話題にも発展せず、なんとか無事にたどり着きました。ここが噂の、リサイクルショップ竹中です。

「こんちは」

開けっ放しの戸口から声をかける。だから、そう。エアコンはかかってない。でも机の上でデッカイ扇風機が回ってるから、外よりはいくらか涼しい。果たして、ここは僕にとってオアシスとなるのでしょうか。あるいは針の筵《むしろ》か。

奥から「うーい」とあっちゃんが出てくる。

「……おっ、宏伸。なーんだよ、両手に花じゃんかよぉ」

そういうあなたは、真っ昼間からなんなんですか。水着だか下着だか分からない、その上半身は。ブラ？　胸回りだけ黒い帯みたいなので隠してあるけど、お腹もおヘソも完全に出てるじゃないですか。ホットパンツっていうか、ジーンズの半ズボンも、やたらピチピチで布面積小さいし。

「こちらは、どなたちゃん」

「ああ……安藤、エリカさん」

「こんにちは」

丁寧にお辞儀をする安藤さん。こんちは、と頷いて返すあっちゃん。

「こちらは」

「三好奈々恵……さん」

「初めまして。三好です」

また一つ頷いて、温子です、よろしく、まではいいけど、勢いで、どっちがカノジョ？

宏伸のどこが好きなの？　まで訊かれたら堪んないから、さっさと用件に入ります。

「あの、例のカメラ、ちょっと見たいんだけど」

「お？　おお、見ろ見ろ。回せ回せ。いつでも撮りにいけるように、ハイオク満タンで充電してあっから」

安藤さん、苦笑い。三好、無表情。やっぱり僕、針の筵。

まあ、固まってばかりもいられないんで、例のケースを引っぱってきて、パチパチッとオープン。早速、部長にお目にかけます。

「これ、なんだけど」

「あ、意外とおっきいんだね」

「うん。なんか、潜水艦みたい」

安藤さん。それ、なかなかいい比喩《ひゆ》ですね。

「内藤クン、出して見せてよ」

はあ。一応、親族の前だと「ノロブー」って呼ぶのは遠慮してくれるわけですね、三好さんも。

ええ。出してお見せしますよ。

もう、こうなったら自棄《やけ》だ。ガッチリ三脚にセットアップして、僕こそが、このグレート・マミヤの正規パイロットであることを、強烈にアピールしてやる。

「へえ。けっこう慣れてるふうじゃん」

「んん、まあ、ね……もう、けっこう何回も、撮りにいってるし」

「なんつって、たったの二回じゃんかよ」

ちょっとあっちゃん、そういう、余計なことは――。

「しかも最初のときなんてこいつ、失敗して自分が写り込んじゃってさ。顔がぶにょぉーんって流れちゃって、それがショックで」

「あっちゃんッ」

人が手ぇ離せないのをいいことに。泣いたとかいったら、ほんと承知しないからね。

「……ああ、まあ、以後、一大奮起したわけさ」

「じゃあ、その次が、あの綺麗なヒマワリの写真、ですか」

安藤さん、あなた、いい。僕、やっぱりあなたを嫌う女子の気持ち、理解できません。

「そう。二回目がヒマワリ。ああ、見た？　あれ」

「はい。内藤くんの部屋に飾ってあるの、見せてもらいました。チョー感動しました」

するると、ふいにあっちゃんが僕の肩をつつく。耳元で、ちょっとこいという。そのまま奥、よくお祖父ちゃんが昼寝をしてたソファのところまで連れていかれる。

「……なに」

「宏伸。お前、あの子を部屋まで連れ込んだのか」

「別に、連れ込んだわけじゃないよ」

「でも上げたんだろ。赤ん坊みたいな顔して、いっちょ前にやることやってんじゃねーか。見直したぜ」

赤ん坊って、それひどくない。

「違うよ。たまたま二人とも用があって、うちにきただけだよ」

「うーわ。しかも二人いっぺんにか。ついにモテ期到来か」

「だから、違うんだって」

「どっちが本命だ。あ？　やっぱ背ぇ高い美少女の方か。それとも、あのちょいブスの方か」

三好、聞いたら怒るだろうな。

「本命とか、そういうんじゃないから」

「なに、あの組み合わせで迷うのか。お前、意外とマニアだな」

「だから、迷うとかどっちとか、そういうんじゃないんだってば」

「でもよ……」

急に真顔になって、さらに僕の耳元に口を寄せてくる。

「……美少女の方は、やめとけ。ありゃ、魔物だぞ」

大魔王が何をいいますか。

「そういうんじゃないっていってるでしょ。カメラを見せにきただけなんだってば」

「またまたァ。モテ期のくせに」

うひゃうひゃ笑い出したあっちゃんは放っといて、僕はグレート・マミヤのところに戻り、

「ごめんね。いま急いで……」

繋ぐから、って、いおうとしたんだけど。

「すごォい、回るんだァ」

「なるほど。こういうカラクリだったのか」

三好。もう勝手にコード接続して、思いっきりスイッチ握ってるし。

「これは面白いわ。なんか、いろんなもの撮ってみたくなっちゃうね」

駄目。グレート・マミヤは僕のいうことしか聞かない――作りだったら、よかったんだけどな。

「うん、面白い、でしょ……なんていうか、アイデアが……こう、次々と、湧いてくる……みたいな」

悲しい。自分でいってて、自分が情けなくてしょうがない。

三好がスイッチから指を離す。

「この、中も見ていい？」

「ええ、どうぞ……開け方は」

「うん、分かるから大丈夫」

「そう……じゃあ、見てみて」

安藤さんがいなかったら僕、絶対もっと取り乱してると思う。

三好は、なんの迷いもなく背面を開けて、グレート・マミヤの内部を観察し始めた。観察っていうか、分析。解析？　ああ、フィルムはブローニーを使うんだね。ここを通って、こう。ここを回って、こうか。これがモーターで、ここが軸になって全体が回って。そっか、スリットカメラなんだね。すごいな、よくできてるな――。

はーあ。ぜーんぶバレちゃった。

なんていうか、実に短い天下だったな。

と、落ち込みかけた瞬間だった。

「……なんだ。ずいぶん今日は、賑わってるじゃないか」

ふいに戸口に現われた人を見て、僕は思わず、あっ、て声をあげてしまった。

「お祖父ちゃん」

それを聞きつけたか、あっちゃんも飛んでくる。

「ジ、ジジイッ」

「おお、温子。留守番しててくれたのか。ご苦労だったな」

薄汚れた水色の作業着、麦藁帽子に、リュックサックという出で立ち。顔の下半分は、灰色の無精ひげに覆われている。

肩を怒らせたあっちゃんが詰め寄っていく。

「ジジイ、テメエ、一ヶ月もどこいってやがった」

「どこって、インド」

「何しに」

「ダライ・ラマと、話をしてみたくてな」

ああ疲れた、といってその場にリュックを下ろす。

安藤さんと三好は、ぽかーんとしてる。僕も、なんとコメントしてよいのやら。

「なんで」

「なんでって、いわれてもな……テレビのニュースで見てて、面白そうな奴だなと、思ったからさ」

「それだけか」

「それと……同い年なんだよ、俺たち」

「そんだけかよ」

「んん……なんかこう、あるだろう。第六感とか、そういうのが。友達になれそうな気がしたんだよ。肩叩き合いながら、酒でも飲んだら楽しかろうなと……そう、思ったわけさ」

「で、会えたのかよ」

「いや、留守だった。なんでも、ヨーロッパの方を回ってるらしくてな。俺がいる間には、帰ってこなかった……ま、また気が向いたら、訪ねてみるさ」

お祖父ちゃん、前にも似たような理由でロシアにいってたことあったよね。あと、徳川埋蔵金も一時期、本気で狙ってたっけ。っていうかダライ・ラマって、チベットの法王かなんかだよね。テレビでは英語で喋ってたけど、お祖父ちゃん、英語なんて分かんないよね。

「アアーッ」

なに、いきなり。びっくりするじゃない。

「駄目だよ、お前、これ、勝手に弄っちゃあ」

そういいながら、グレート・マミヤに近づいていく。ササッとその場から後退《あとずさ》りする、安藤さんと三好。

「大事なものなんだからさ。壊してねえだろうな、おい」

ちらっと僕が見ると、腕を組んだあっちゃんがお祖父ちゃんの近くまでいった。

「だって、もうそれ、いらねーんじゃねーの」

「いらなかないよ」

「持ち主、引退したんじゃねーの」

「は？　なんの話だ」

「持ち主がカメラ引退して、いらなくなったから、博物館に展示してあったんじゃねーの」

「違う違う。引退したのは持ち主じゃなくて、このカメラの方だよ。持ち主は引退なんかしてない。このカメラ自体は使わなくなったが、でも珍しいものだから、博物館に貸し出して展示してあったのさ。ただ、最近腰を悪くして、展示終了に合わせて引き取りにはいけそうにないってんで、だったら俺が代わりにいってやろうかと、そういって、引き受けてやったのさ」

なんと。

「それなのに、前日に商工会の連中と飲みすぎて、結局あたしにいかせたってわけか」

「そういうことも……うん、あったかな」

「都合のいいとこだけボケた振りすんなよ」

「お前だってそれで、狙ってたパソコン、俺からせしめたろうが」

「当たりメエだ。東京くんだりまでタダ働きになんかいけるか」

「だったら文句いうな」

「他人の大切なものを事情も分からない孫に引き取らせといて、自分はろくに管理もしねーでインドだかどこだかほっつき歩いてたくせに、ひょっこり帰ってきて偉そうにいうなっつってんだよ」

安藤さん、三好、ごめんね。お祖父ちゃんとあっちゃんって、年中こんな感じなんだ。決して仲が悪いわけじゃないんだけど、でもこれじゃ、他人には喧嘩してるようにしか見えないよね。

「そりゃ……すまんかったな」

「おう。分かりゃいいんだよ」

あっちゃんが、組んでた腕を解いてグレート・マミヤを指差す。

「そういうわけなんで、この回転カメラは宏伸にくれてやってくれ」

えっ、そんな、いきなり――。

途端にお祖父ちゃんが、情けなく表情を崩す。

「そ、そりゃ駄目だ。今いったろう。これは、そこらのガラクタと違って、俺のものじゃないんだから」

ガラクタって、一応全部売り物でしょう。

「っていうかよ。そもそもこれ、誰のもんなんだよ」

それ、僕も疑問だった。

お祖父ちゃん、なぜかキョトン顔。

「お前、それも知らないで、引き取りにいったのか」

「知らねーよ。東京の会場にいって、竹中ですけどっていったら、向こうの人たちがこれ出してきて、ケースに詰めるのも、車に積むのも手伝ってくれて、ほんで、載せて帰ってきただけだもんよ」

そうか、知らなかったか、と呟きながら、お祖父ちゃんはポケットをまさぐり始めた。グレート・マミヤの持ち主を示す何かを取り出すのか、と思いきや、

「……あれ、タバコ、どっかに置いてきちまったかな」

さすがですね。なかなか、ひと筋縄ではいきません。

しょうがねえなと、自分のタバコを差し出すあっちゃん。すまんね、と一本抜き出して銜えるお祖父ちゃん。火も点けてもらって、ふぅーっと、おいしそうに吐き出す。

なんとなく、全員でその、煙の行方《ゆくえ》を目で追う。

「……だからよ、ジジイ」

「うん」

「このカメラは誰のもんなんだって訊いてんだよ」

「ああ、そうだったな。そうだった……」

ンンッ、と一つ、咳払いをはさむ。

「……だから、マツモトさんだよ」

「どこのマツモトだよ。キヨシ以外は知らねーぞ」

「知ってるだろう。マツモトだよ。マツモトサブロウさん」

で、くるっと僕の方を向く。

「宏伸、お前は知ってるだろう。マツモトサブロウさん」

え、なんで僕が。

「んーん。知らないよ」

「嘘つけ。写真、見てただろうが」

僕が首を捻ると、お祖父ちゃんは呆れたみたいに溜め息をついた。

「ほんとお前らには、注意力ってもんがからっきしないんだな」

こい、といってお店から出ていく。

そしたらすぐ、後ろからTシャツの袖を引っぱられた。振り返ったら、安藤さんだった。

「……ねえ、私たち、帰った方がいいかな」

確かに。この微妙に刺々《とげとげ》しい空気は、初めての他人には居たたまれないものかもしれない。でも、帰ってもらわなきゃならないほどの危機的状況では、決してないんだよな。なんて思ってたら、三好が割り込んできた。

「いいじゃん。あたしも知りたいよ、あのカメラの持ち主。帰りたいなら、安藤さん一人で帰りなよ」

もちろん、僕は安藤さんにも帰ってほしくはないわけで。

「うん、見においでよ。もちろん、安藤さんが嫌じゃなければ、だけど」

「そう……うん、じゃあ」

そのときにはもう、あっちゃんはお祖父ちゃんについてお店を出ていってて。僕ら三人があとから追う感じになった。

あっちゃんたちが入っていったのは、奥の置き場。入ってすぐ右手の作業台の前に、二人はいた。

そこまできて、僕はようやく気づいた。

作業台の向かいの壁には、どこかの冬山のパノラマ写真が、ずーっとずーっと前から飾ってあった。普通の写真の、だいたい倍くらいの幅広写真。確かにこれ、僕はずーっとずーっと前から知ってた。

お祖父ちゃんの横に並ぶと、写真の右下に小さく題名を書いた紙が貼ってあることに気づいた。

北アルプス／松本三郎《まつもとさぶろう》。

「……何を隠そう、この松本三郎さんは、世界一長い写真の、ギネス記録保持者であらせられるのだぞ」

え、なに。「世界一長い写真」って。

12

なんか、急に話が大きくなってきた。

「……ギネスって、すごいね」

後ろで安藤さんが呟いた。僕は肩越しに振り返って、頷いておいた。

あっちゃんが「ああ」と手を打つ。

「あの、たまに、きしめんとか送ってきてくれる人か」

「そう、その松本さんだよ。下の息子さんが、きしめんの会社に勤めてるんだ。確か」

きしめん送ってくれる人って。ギネス記録保持者に対して、そういう認識でいいんでしょうか。

「なんでまた、そんな偉い人と知り合いなんだよ」

「いやいや、三郎さんとは、ギネス云々よりずーっと前からの付き合いだから。なんたってあれだ、太平洋戦争で、三郎さんがこっちに疎開してきて、それで友達になったんだから。そっからの付き合いだから」

ギネスとはいかないまでも、それもまた長そうな話だ。

「いくつなの、その松本さんは」

「二つ上。だから、七十六だな」

「その松本さんが、あのカメラを作ったの」

「そう……とはいっても、ああいうのをやるようになったのは、定年退職してからだったと思うけどな。このパノラマ写真はそれこそ、今あっちにある回るやつと同時期に作った、別のカメラで撮ったんじゃなかったかな。いいのが撮れたからって、引き伸ばしてパネルにしてくれたんだよ」

確かに、この雪山の写真は綺麗だ。ピタッと全体にピントが合っていて、山の襞までもが鮮明に写っている。ちょっと埃はついちゃってるけど、ここが薄暗いお陰か、色もあんまり褪せてない。

あっちゃんがタバコを銜える。

「……んで、どうなんだよ。あのカメラ、宏伸にやれないのかよ」

お祖父ちゃんが手を出すと、あっちゃんは箱ごと手渡した。でもやっぱり火はあっちゃんに点けてもらい、ふーっと、大きく吐き出す。

「そんな無茶いうなよ。ただの改造カメラじゃないんだぞ。ギネス保持者の、お手製カメラなんだぞ。そんな……そんなに気に入ったんなら、いっそ、作り方を教えてもらえばいいじゃないか」

いや、お祖父ちゃん。僕、そこまでは――。

「ん……だな。作り方を教えてもらうって案は、悪くないな」

ちょっとあっちゃん。勝手に進めないでよ。

「じゃまあ、いっちょ電話してやるか」

くるりとお祖父ちゃんが、お店の方に取って返す。あっちゃんがそれに続き、僕たちも、なんとなくまたお店に戻った。

いくと、お祖父ちゃんはすでに黒電話の受話器を握っており、老眼鏡をかけてアドレス帳をめくっていた。

「……どれだよ。指差しゃあたしが回してやるよ」

「いや、読んでくれ。これ、読み上げてくれ」

ほらね。三好、安藤さん。この二人、基本的に仲はいいんだよ。二人とも声が大きいだけで、別に喧嘩じゃないし、怖くもないんだ。

チョー旧式のダイヤルで電話番号を回し終えると、お祖父ちゃんは背筋を伸ばして、天井を見上げながら向こうが出るのを待っていた。

やがて「あっ」といって小さくお辞儀をする。

「松本さんのお宅ですか。私、竹中です……いやいや、こちらこそご無沙汰してしまって。どうですか腰の具合は……ああ、そうですか。でも、油断はせん方がいいですよ……」

しばらくはそんな感じで、年寄りの挨拶トークが続いた。これを二十一歳のあっちゃん、十五歳の僕たちがそろって聞いてるって、なんか変。

少ししたら、向こうからカメラの話題を振ってきたようだった。

「ええ、ちゃんと引き取ってきてありますよ、ここに……そりゃあもう、世界一のカメラですからな。厳重に保管しとりますよ」

あっちゃんが変顔をしながらお祖父ちゃんを指差す。安藤さんがクスッと笑う。三好は、ノーリアクション。

「……ああ、そうですか。じゃあ、明日届けに伺いますよ……私？　私なんか、風来坊みたいなもんですから。曜日なんて関係ないですよ」

いやいや、風来坊じゃ困るでしょう。一応このお店のオーナーなんだから。

だからってあっちゃん、背後からファック・ユーはよしなって。

「ええ、じゃあまあ、そういうことで。お昼頃には……あー、それは楽しみですな。喜んで
……はい、はい……ごめんください」

やけに恭《うやうや》しい態度で受話器を置く。チーン。

あっちゃんが、電話のところにある灰皿にタバコを捨てる。

「……なに。明日、持ってってやることにしたん」

「ああ。明日は金曜だから、俺がいってくるよ」

お祖父ちゃんも、持ってただけで短くなってしまったタバコを灰皿に潰す。

「俺が、ってなんだよ。届けるときだけ自分でいくのかよ」

「うん。じゃないと、店番いなくなっちまうだろう」

「おいおい、店番って誰のことといってんだよ」

「お前」

とあっちゃんを指差す。

その手をペシンとあっちゃんが払う。

「人をやたらと指差すんじゃねえ。……っつかフザケんなよ。なんであたしがまた店番しなきゃなんないんだよ。こんな店、開いてたって閉まってたって関係ねーじゃねーか」

「こんな店なんていうなよ。廃品を回収し、リニューワルして再販売する。素晴らしい、極

めて現代的な、社会貢献事業だろうが」

リニュー、ワル？

「一ヶ月の放浪という無責任さはどこにいった」

「そこは……目をつぶるとして」

「つつーか明日だよ。なんで明日に限ってジジイがいくんだよ」

「お前は、何をさっきからわけの分からんことをいってるんだ。何が気に入らん。お前も松本さんのところにいきたいのか」

「いきたいよッ」

えっ、と思ったのは僕だけではなかったみたいで。周りにいた四人が、一斉にあっちゃんの顔を見た。

それであっちゃんも、なんか、ハッとした感じになった。

「いや……あたしが、いきたいわけ、ではなくて……宏伸に、このカメラをさ……もらうんでも、作るんでもいいんだけど、しねえとさ……続けらんないじゃん、パノラマ撮影」

あっちゃん――。

僕、なんかいま感動で、涙が出てきそうだよ。そんなにあっちゃんが、僕とグレート・マミヤのことを考えてくれていたなんて。

しかし、

「はいッ」

なぜかいきなり三好が挙手。

「あたしもいきたいです。松本さんのお家」

げーっ、ちょっと何それ。

「……ん、そういや、あんたは誰だい」

お祖父ちゃん、気づくの遅すぎ。

ものすっごいいまさらな感じだけど、ここで三好と安藤さんがお祖父ちゃんに自己紹介。

「ほう、宏伸のギャール・フレンドか」

その、ちょっと今ふうにいってみようとする、そういう努力がかえって――いや、大事なんだろうな。若さを保つ秘訣としては。

「二人ともいくのかい」

すると安藤さんは目を丸くし、頭と両手を同時に振った。そんな、お茶目な仕草も素敵です。

「私は、明日ちょっと、用事があるんで」

ああ、そうなんだ。ちょっぴり残念。

そんなわけで、翌日の金曜日。

「……ほんじゃま、出発するとするか」

「しんどかったら途中で代わってやっからな。早めにいえよ」

お祖父ちゃん、あっちゃん、僕と三好という、妙な組み合わせで松本さんのお宅を訪問することになった。車はいつもの軽ワンボ。ちなみに松本さん宅は隣の県の県庁の近く。車だと、二時間くらいだそうです。

「奈々恵ちゃんはさ、宏伸の入ってる、写真部の部長さんなんだってさ」

昨日、お祖父ちゃんが「疲れたから風呂に入る」といって家に帰ってからも、僕たち四人はお店に残ってちょっと喋ってた。そのときの感じからしても、あっちゃんは安藤さんより、三好の方を気に入ってるみたいだった。

「へえ、女部長さんかい……そいつは頼もしい」

「そんな、大したことないです」

いいえ。大した鬼部長ですよ。

もちろん、僕と三好の後ろの荷台にはグレート・マミヤが格納されている。もしかしたら、今日が最後になるかもしれないわけだけど、でもできるだけ、そういうことは考えないようにしていた。そもそも、僕のものじゃないわけだし。大体僕が持ってたって、ヒマワリ級の傑作を今後、撮れるような気はさっぱりしないし。

ああ、そういえば昨日四人で喋ってるとき、ヒマワリの写真は絶対松本さんに見せるべきだって、あっちゃんも三好も安藤さんもいうもんだから、一応今日は持ってきてる。でもこれを見せるってことは、基本的に僕がグレート・マミヤを無断で使用したことを報告しなければならないわけで。なんかそれって、とっても微妙です。

急に、助手席のあっちゃんがこっちを振り返った。

「宏伸、なんか唄え」

「無理。あっちゃん唄いなよ」

「あたしが先に唄ったら、あとが唄いづらくなるだろ」

うん。あっちゃん、歌もチョー上手いもんね。

「じゃあ、俺が唄おうか」

「ジジイは黙って運転してろ」

その言い方はどうかと思うけど、僕もお祖父ちゃんの歌は勘弁してほしい。だって、唄うっていったら大体、民謡とか、なんとかハワイ航路でしょ。あと裕次郎とか。下手したら軍歌って可能性まであるからね。

そして訪れた沈黙は、自然と一人の人を示す空気へと変わっていく。

「えっ……あたしですか？　いや、無理です、完全に無理。だったら内藤クン、得意のサザン唄っちゃいなよ」

ああ、あのCD取り違えネタを、そういう無茶振りに転用するわけですか。

さすがですね、部長。

なんだかんだいいながらも、カラオケもないのにみんな何曲かずつ唄って。特にお祖父ちゃんの「憧れのハワイ航路」「星影のワルツ」には、三好が大爆笑して。お腹痛い、助けて、なんて、涙を流していう三好、僕は初めて見た気がするよ。

そんな、意外に盛り上がったドライブの末にたどり着いた町。

「この坂の上、だったと思うんだ」

県庁の近くっていっても、別にそんなに都会ってわけじゃなくて。せいぜい僕んちの周りよりは畑が少なくて、強いていえば住宅街かな、って感じのところだった。

幅のせまい坂道を上っていくと、ちょうどお祖父ちゃんと同じ年頃の人が郵便ポストの手前に立っていた。

「あ、迎えに出てくれてたんだ……暑いのに」

お祖父ちゃんはそこでスピードをゆるめ、サイドブレーキを引いた。立っていた男の人も、確かめるような顔つきで運転席を覗き込む。

すぐにその表情は晴れ、男の人はパッと手を上げた。

「タケちゃん、久し振りだァ」

「いやァ、ご無沙汰してます。お久し振りです」

「車、ここ入れちゃって。ちょうど空いてるから」

僕たちはそこで車から降りて、挨拶をした。

まずはあっちゃん。

「初めまして。竹中温子です」

「ああ、温子ちゃん。大きくなったね……なんていったら、もう失礼だね。なんたって私は、あなたがまだこんな頃、三つかそれくらいの頃に、一度会っただけだから……お姉さんは、祥子さん、でしたっけ」

「はい。まだ嫁にもいかず、うちにいます……あ、これも孫です。従弟の、宏伸です」

初めまして、とお辞儀をしておく。

「それと、宏伸は今、中学校で写真部に入ってるんですけど、そこの部長さんで、例のカメラに興味があるっていうんで、今日は一緒に」

「三好奈々恵です。すみません。今日は、勝手に押しかけちゃいました。お邪魔します」

あ。なんか今、分かった気がする。

あっちゃんと三好って、初対面の人にでも、すごくハキハキと挨拶できるタイプなんだね。なんかそういう共通点、ある気がする。僕みたくオドオドしたりしないで、必要とあらば意見もいえる。昨日、松本さんの家にいきたい、っていったときがそうだったしね。

そういうのって、ちょっと羨ましい。

で、お祖父ちゃんが車庫入れを完了したら、グレート・マミヤを荷台から降ろす。松本さんは手を出そうとしたんだけど、お祖父ちゃんが無理するなって止めた。結局いつもみたいに、僕とあっちゃんが「いっせーの」で降ろした。それを玄関に運び入れるまでの間、松本さんは何度も「すまないね、ありがとう、助かるよ」って、僕たちに繰り返した。

いや。謝らなきゃならないのは、本当は僕の方なのに。

でも、そのタイミングがつかめない。

相手が初対面でも、ちゃんと挨拶ができて、しっかりと意見がいえる三好、あっちゃん。対して僕は、この期に及んで、謝ることすら躊躇している。

駄目だ、こんなんじゃ。

「あの……松本さん」

ようやく、玄関に入ったところで僕がひと言搾《しぼ》り出すと、こつん、と腰に何か当たった。ちらっと見たら、お祖父ちゃんのゲンコツだった。

「すみませんね、大勢で押しかけちゃって」

僕のひと言は、そのお祖父ちゃんの声に掻き消され、なかったことにされてしまった。

「いや、昨日のうちに聞いてたんで、大丈夫ですよ。せまいとこで、大したものもないけど、とりあえずお昼、あがってください」

というわりに、通されたのは立派な縁側つきの和室、お昼ご飯は豪勢にもうな重。松本さんと奥さん、僕たち四人の、計六人で食べた。いつもは娘さん夫婦とお孫さん二人もいるんだけど、ちょうど今日は、どっかに旅行にいってて留守らしい。

僕が、うな重を大体食べ終えた頃、

「……宏伸くんは、だいぶあのカメラを、気に入ってくれたみたいだね」

いきなりいわれて、僕は思わず、むぐっ、てなっちゃった。うな重じゃなくて牛乳だったら、確実に噴き出してる。

ちょっと呼吸を整えて。口の中にあるものを飲み込んで。

「あ、あの……すみません、実は僕、勝手に」

松本さんは「いいんだよ」って、笑顔でいってくれたけど。

「ほんと、ごめんなさい。でも僕、知らなかったんです。お祖父ちゃんのところにあるものだから、なんかいつもの調子で、触ってもいいんじゃないかって、勝手に思っちゃって。お祖父ちゃんも、留守だったもんだから、だから、つい」

「いいんだ、いいんだよ宏伸くん」

隣に座ってたお祖父ちゃんも、僕の背中をトントンしてくれた。それでなんか、僕も落ち着くことができた。

「……俺が、ひと月留守しちまったからな。そもそもは俺の管理不行き届きだ。それは昨日、俺が電話で三郎さんに謝っといた」

松本さんは、優しそうな目で僕を見て、頷いた。

「それに、タケちゃんのお孫さんだからね。機械を粗末にしたり、乱暴に扱ったりする子じゃないことは、話を聞けば分かるさ。私のカメラを気に入ってくれたと聞いたら、それはやっぱり嬉しいよ。……なんでも、ヒマワリ畑の素敵な写真が撮れたんだとか。よかったらそれ、見せてもらえるかな」

僕の斜め右に座っていたあっちゃんが、ニヤッと片頬を吊り上げる。ああ、あっちゃんがお祖父ちゃんに教えて、それが松本さんに伝わったんだなって、分かった。

僕は頷いて、後ろに置いておいたバッグから、ヒマワリ畑の写真を出して見せた。ノーマルプリントの三枚と、センシング焼き付けの三枚、全六枚を松本さんに手渡した。

「ほう……これは」

松本さんはお膳の席から立って、縁側の方に移動して、その床に広げて写真を見た。

「これは……確かに、楽しいね」

すぐに松本さんは立ち上がって、近くにあった整理簞笥みたいなのの引き出しから、文鎮《ぶんちん》とルーペを持ってきた。それで写真を広げたまま固定して、ルーペで改めて写真を見た。

「ははあ、この、ヒマワリの向きが徐々に変わっていくのが楽しいね。光も、充分に捉えている。カメラの特性と、絵柄と、アングルの斬新さと、三拍子そろってる。……ああ、夕焼けのこれは、ロマンチックだけど、ちょっと、逆光になってしまってる部分があってもったいない……おや、でも、こっちのは、同じ写真なのかな。だいぶ補正されてるね。これは、どなたがプリントしたのかな」

僕は、近くの写真館でやってもらったと説明した。

「ほう、そうですか。なかなか、その方はいい腕をしていらっしゃる。その写真屋さんに任せておけば、とりあえずプリントは安心みたいだね」

ヒマワリ畑の写真はもちろんだけど、宮本さんの腕まで褒めてもらえたのは、なんかすごい、今までに感じたことのない嬉しさだった。

松本さんは文鎮をどけて、一枚一枚手にとって、改めてヒマワリ畑を眺めた。

「うん、これは素晴らしい……なんか、悔しくなっちゃうね」

いや、それほどでも。

松本さんは「ありがとう」といって、六枚を元通りに丸め始めた。

「……どれ。じゃあ早速、その他のカメラもご覧に入れようかな」

すると、まだお膳にいる奥さんが「お父さん、お茶」といった。見れば奥さんも、あっちゃんもまだ食べている。三好は食べるの早いんで終わってたけど。

「ああ、お茶ね。うん」

「ほんと、せっかちでしょうがないんですよ」

「ですな。子供の時分から、そうでした」

年配者三名、そろってガハハ笑い。

っていうか松本さん。今、その他のカメラとかなんとか、いいませんでしたっけ。

13

食後、僕たちが案内されたのは隣の和室だった。

松本さんが照明のスイッチを入れる。

「そちらに預かってもらっていたのは、私がちょうど十年前に完成させた、初めての回転式、三六〇度パノラマカメラなんです。でもまあ、とにかく最初だったんでね、いろいろ不満も、失敗もあって。以後も改良したり、まったく新しいコンセプトで作り始めたりして……とうとう、こんなに溜まってしまいました」

青白い蛍光灯の明かりに照らされた、その室内には、

「こっ……これは」

グレート・マミヤとよく似た、でも明らかに違う形のカメラが三台もセッティングされていた。

なんと。実は、僕が知ってるグレート・マミヤは初号機で、シリーズはすでに、四号機まで製作されていたらしい。そのどれもが今、マットブラックのボディを誇るように、三脚の上に鎮座している。

松本さんは、初号機と比べると横にごっつい一台を示した。

「これが、二号機。三六〇度回転カメラは、本体の回転とフィルムの送りが正確に同期してなければならない。一方で、フィルムの長さはレンズの焦点距離で決まるから、レンズ交換をしたら、当然フィルムの送りの長さも変える必要が出てくる。……最初の一台は、まだその点が固定式で、モーターも一個だけだった。だからレンズを替えると、送りのスピードはギアを付け替えて変えなきゃいけなかったんですが、この二号機はね、まずモーターが二個。しかもその制御をマイコンで行うようにしたから、レンズ交換のたびにギアを付け替える必要がなくなったんです」

そう、なんですか。僕、グレート・マミヤのレンズを替えようだなんて一度も考えなかったんで、ギア交換のことなんてちっとも知りませんでした。っていうかそれ以前に、今の松本さんの説明、ほとんど意味が分かりませんでした。

ヤバッ。隣を見たら、三好、うんうん頷いてる。すごい理解してるっぽい。

「そしてこれが、三号機」

次のは、本体の形は初号機に近いけど、下の回転機構がやけに複雑でごつい。

「……二号機まではブローニーフィルムを使用していたため、長さが約一・六メートルと決まってしまっていたんですが、三号機では幅七十ミリ、長さ十五フィートのフィルムを使用できるようにしてみました。十五フィートっていうのは、約四・六メートル。これを引き伸ばしてプリントすると、全長三十メートルの写真ができあがる勘定になります」

ええーっ、とお祖父ちゃん以外の三人が同時に声をあげた。

なんとなく、僕が代表して訊く。

「三十メートル……ですか」

松本さんは、なぜか不敵な笑みを浮かべた。

「……うん。理論的にはね、できるはずだった。でも、このカメラは失敗だった。何度か撮影してみたけど、結局上手くいかなかった。ただ、この三号機を製作したときに調べたら、幅七十ミリのフィルムは、最長で百フィートのものまで入手できると分かってね。もちろん海外からの取り寄せなんだけど、でもそれができるんだったら、今度はその、百フィートのフィルムを使用できるものを作ろうと考えた。そして完成したのが……これ」

おそらくそれが、グレート・マミヤの最終形態なのだろう。

もはやそれは一台のカメラというより、宇宙戦艦といった方がいいような形状をしていた。

「これが、四号機です」

初号機との大きな違いは、まず後ろに付属しているフィルムボックスが立方体ではなくなっているという点。上から見ると、やや三角っぽく後方に広がった恰好をしている。幅七十ミリ、長さ百フィートのロールを格納するためにここが巨大化したのであろうことは、僕にも察しがついた。三角形をしているのは、つまり、両側に軸があって、片方にフィルムをセットして、それをスリットの方に送り出して、最終的に、反対側に巻きとる仕組みになっているためでしょう。

松本さんはちょうどレンズの真下、他の機種にはない黒い箱状のパーツを手で示した。大きさは、うなぎの重箱二段重ねくらい。

「何しろ、三十メートル以上のフィルムを送り出して、その間ずっとカメラ本体を回しておくわけだから、パワーも相当に必要なわけで。この中には大型の充電池と、マイコンが一緒に入っています」

ちょっと待った。

「あの……すみません。えっと、ブローニーだと、一本の長さが一・六メートルほどで、それでぐるっと、三六〇度のパノラマ写真が撮れますよね。でもそれが、三十メートルってなって、しかも、ずっと回しておく、っていうことは……つまり」

「うん。つまり」

「つまり……」

それが分からないんです。

「どういうことですか？」

「だから、何回転もさせる、っていうことだよ」

げげっ。なんですかそれは。

僕の頭に浮かんだのは、ヒマワリ畑を延々ぐるぐる巡る写真だとか、高台の上の公園を何周も撮った写真で、でもそんなもの、どう考えても面白くもなんともないわけで。多少の時間は経過するだろうから、そりゃ鳥でも飛んでればパラパラマンガ的に動きがあって面白いかもしれないし、人がその役を担ってもいいのかもしれないけど、でもそれだったら、たぶん普通の連続写真の方が効果的だし、それこそいまどきはデジカメでできちゃうわけで。

むむむ。急にわけ分かんなくなってきた。

「うん……じゃあ少し、私の作品をお見せしようかな」

松本さんが「こちらに」というので、また僕らはずらずら連なって廊下を通って、さっきうなぎをご馳走になった、縁側のある和室に戻った。もうお膳の上は綺麗に片づけてあって、何も載っていない。

松本さんは「ちょっと待ってて」といって別室にはずし、戻ってきたときには、両手に箱をいくつも抱えていた。

その中から、ロールを一つ取り出す。ちょうど僕のヒマワリ畑のと同じくらいの長さだ。留めていたテープを剝がして、テーブルに広げる。

「これはその、一号機で撮ったものだね。だから、十年前の春かな。いや、九年前の春かな」

海辺で行われている、お祭りの風景だった。

砂浜はたくさんの人で賑わっていて、お神輿みたいな飾りをした、背の高い山車が何台も出ている。男の人が大勢海に入って、網を引いている。いや、違う。山車を引っぱってるんだ。二階建ての家くらいの山車を、法被《はっぴ》を着た男の人たちが、波打ち際まで引っ張り出しているんだ。

すごい。ひと目でこのお祭りが、どんな様子だったかが分かる。

次に松本さんが広げたのは、どこか外国の、大平原で撮影されたものだ。

「これは、アメリカの、モニュメントバレーです」

それ、名前だけなら聞いたことあるかもしんない。

全体は赤茶色をした平原で、白い雲の浮かぶ青い空がどこまでも続いているんだけど、でも眺めのあちこちに、変な形をした岩山が点在している。お味噌の山に、ゴツゴツしたひび割れせんべいを突き刺したみたいな形。そんな、妙な恰好の岩山がいくつも写っている。きっと、この地方特有の気候が、似たような形の山をいくつも作り出したんでしょう。

あれ。

「松本さん……この写真は、三六〇度、ないですよね」

どう見ても一周はしていない。せいぜい半周だ。

「うん。これはね、一八〇度でいいの」

「えっ、なんでですか」

「見てもつまらないから」

な、なんと。

「だって、この裏側はすぐ岩の壁で、他の観光客が間近に写ったりしてて、全然、絵としてよくないんですよ。だから、プリントしたときに切っちゃったの。改めて見る価値はなし、と」

すごい。変なものが写っちゃったら、バッサリ切り捨てる。そういう発想、僕にはまったくなかった。

そうか。僕はとにかく三六〇度、ぐるっと完璧に美しい、あるいは面白い写真にこだわってたから、だからなかなか撮れなかったのか。そうか、そういわれてみればそうだ。三六〇度面白くなかったら、変なとこは切っちゃえばよかったんだ。

松本さんが、ニヤッと笑った。

「……分かった？　宏伸くん」

僕はそのとき、格が全然違うのは承知の上で、でもグレート・マミヤのパイロットとして、松本さんとは心が通じ合ったんだって思った。

「はい、分かりました」

「何が、分かったのかな」

「だから、無理やり三六〇度にこだわらないで、つまらないところはカットしてしまえばい、ってことですよね」

するとなぜだろう。松本さんは、ちょっと困ったような顔で首を傾《かし》げた。

「まあ……そう、ともいえるんだけど、でもそういっちゃうと、あっちの三号機、四号機の出番はなくなってしまうんですね」

ああ、そうか。そりゃそうだ。

「宏伸くんの、あのヒマワリ畑の写真は、確かに素晴らしい。私は三六〇度パノラマ写真家として、本当に、やられた、と思ったよ。本気で悔しい……でも、こんなことをいっては失礼だが、あれほどの写真、アイデアにも構図にも、チャンスにも恵まれた写真は、そう滅多に撮れるものではないと思うんですよ。違うかな」

どきっ、としたけど、でも僕は反射的に頷いていた。

「そうです、そうなんです。確かに僕、ヒマワリ畑を撮ったあと、次に何を撮ったらいいのか、全然分かんなくなっちゃったんです。偶然にしろ、最初にいいものが撮れちゃったから、逆に次が出てこなくなっちゃってたんです」

松本さんは深く頷いた。

「私もそうだった。三六〇度パノラマカメラを作ってみて、それで作品を撮ってみて、さらにその可能性を広げたくて、二号機、三号機、四号機まで作ってみたけれど、肝心の風景が、三六〇度カメラで撮るのに相応《ふさわ》しい被写体が、分からなくなってしまった。見失ってしまったんですよ」

同じだ。僕の方がチョー低レベル、小スケールなのは分かってるけど、でも、悩みの根っこは同じだって感じた。

「歴史上の多くの科学者が、そうだったんじゃないですかね。むろん、私が彼らと同類だと、そんなおこがましいことをいうつもりはないですが……ただ、可能性を追求し、でもそれにどんな意味があるのか、価値があるのか、そういったものが途中から、置き去りになってしまう。そういうことって、あるんじゃないですかね。開発に夢中になって、その有効利用については後回しになってしまう。で、はたと気づくんです。撮るべきものがない、ってね」

ものすごく深刻で、ある意味悲しい話なのに、でも、松本さんの顔に悲愴感はまったくなかった。

「……三六〇度、ぐるりと美しい風景なんて、そうそうあるもんじゃない。それなのに私は、百フィートのフィルムが利用可能な、複数回転カメラを作ってしまった。最初はね、面白いですよ。ぐるぐる撮ってみること自体はね。でも、すぐに飽きる。今度はこの、特殊なカメラに見合う、被写体探しに頭を悩ませることになる。……で、私がいきついた答えは、最終的に、これでした」

また別のロールを取り出し、お膳に広げる。

それは、どこか学校の運動場で撮ったような集合写真だった。体育祭の記念、ということなのだろうか。ほとんどの生徒が体操着を着ている。中にはチアリーダーみたいな恰好をした女子や、それこそお祭りみたいな法被を着た男子もいるけど、全体的には運動のあと、汗が爽やか、って雰囲気でまとまっている。

僕はそのとき、目の下がじわっと、あったかくなったように感じていた。

なんだろう。これって。

三六〇度、みんながこっちを見ている。ピースしたり、拳を振り上げたり、仲間と肩を組んだり、男子同士で抱き合ったり、ポーズはほんと様々だけど、でも、みんなが笑っている。何百もの笑顔が、一斉にこっちを向いて、一枚の写真に納まっている。

時間の動きがあるはずなのに、一枚の写真に納まっているという、不思議。ぐるっと三六〇度、笑顔に取り囲まれるという、感動。

なんでだろう。笑顔に囲まれることが、なんでこんなにも感動的なんだろう。

「……楽しそうでしょう、みんな」

僕は、なんとか一往復、頷いた。

「これだなって、私は思ったんですよ。三六〇度、すべてが素晴らしい風景なんて、そうそうあるもんじゃない。だったら三六〇度、ぐるっと素晴らしい風景に、してしまえばいい。人の笑顔……これほど素敵な被写体はありませんよ。幸い、このカメラに撮られることを、多くの方が面白がってくれる。楽しんでくれる。はい、いきますよォーって、スイッチを押すと、みんなワクワクしながら、レンズが自分のところに回ってくる瞬間を待っていてくれる。そして、レンズが向いた瞬間に、最高の笑顔をくれる……これだって、確信しました。あとは、複数回転させるためのアイデアを練ればいい」

そうか。まだその課題が残っていたか。

「それは、どういうアイデアになったんですか」

松本さんはまた、箱から別のロールを取り出した。今度はかなり大きい。巻き数が今までの何倍もある。

「それについてのヒントをくれたのは、まさにこの、県立高校の先生でした。大体これくらいの距離に並んでもらって撮ると、一周が二十秒くらいになるんです。逆にいえば、自分のところを通り過ぎてからの十数秒は、暇なわけです。だったらその間に、歌舞伎の早変わりみたいに着替えたり、メッセージボードを持ち替えたりね。そういうことをして、一回転一回転、変化を持たせたらどうかってことになったんです……ちょっと、こっちにいいですか」

促《うなが》され、みんなで縁側に移動した。

松本さんは縁側の端っこまでいって、文鎮で一方を固定して、そのままロールを広げながら後退りしてきた。

その足元に、徐々に写真が現われ、連なっていく。

うわっ、ていったのは三好だった。

すごっ、ていったのはあっちゃんだった。

お祖父ちゃんは松本さんの腰を心配したか、追いかけていって手伝おうとしてた。

僕は、ただただ言葉を失って、長い長い記念写真に見惚れていた。

最後までは広げられないみたいで、縁側の端までいった松本さんは、余りを巻いたまま残して戻ってきた。

「……これはベタ焼きだから、まあ、三十メートル弱。全部で十三回転してます」

最初に見えたのは、野球部と、バスケットボール部。文化部は垂れ幕みたいなのを持ってる。それで放送部、写真部だってことが分かる。全員で竹刀を構えた剣道部。ギターを構えたフォークソング部。それぞれがメッセージボードを持ち、なお足元に何種類か用意してあるのも見える。

横に移動しながら見ていくと、またさっきの野球部が出てくる。さっきは確か守備だったのに、今度はみんなでバットに持ち替えている。バスケ部のみんなはジャンプ。でもこれははっきりいって失敗。僕の最初のアレみたいに、流れて変になっちゃってる。でも、それも十三回転のうちの一回なら面白いかもしれない。剣道部は構えが変わってる。さっきは気づかなかったけど、水泳部もいる。裸になってる。季節は秋か冬だと思う。けっこう寒そう。

でもみんな、すごく楽しそうだ。

それでいて、やっぱり不思議だ。

これだけの長さのフィルムを使ったら、普通は写真じゃなくて映像になってしまう。でも、そうじゃない。これは、時間の流れは一切無視して、あえて「一瞬」として固定することにこだわっている。だから面白いんだと思う。感動的なんだと思う。これだけの笑顔が「一瞬」という「永遠」になるところが、この三六〇度連続回転パノラマ写真の強みなんだと思う。

「これを引き伸ばしてプリントしたものが、五十・二メートルの、現在のギネス世界記録……『世界一長い写真』になってるんです」

松本さんも、改めてそのギネス写真を見渡した。

「これもね……プリント関係の装置を改良したり、調整を繰り返していけば、最終的には百五十メートルまで、理論的にはいけるはずなんですよ」

百五十メートルっていったら、今の記録の約三倍だ。

「けどもう、腰がね……とてもじゃないが、怖くて、こいつらを担げない。三脚だって、けっこう重たいでしょう。もう、納得のいくセッティングをする自信がないし、その後のプリント作業だってね、露光に三時間、現像に三時間、水洗乾燥に三時間……準備時間まで入れたら、全部で大体十八時間かかります。体力的に自信がない……残念ですが、百五十メートルで自己の世界記録を更新というのは、夢に終わりそうです」

と、松本さんが言い終わるか終わらないかというところで、

「やりましょう」

いきなりあっちゃんが、松本さんの手を握った。

「松本さん、さっき、ヒマワリ畑をプリントした人は腕がいいって、いいましたよね。とりあえず現像関係はその人にやってもらうとして、撮影自体は、この子たちに手伝わせればいいじゃないですか。できますよ絶対、世界記録更新」

それに大きく頷いたのは、三好だった。

「そう、あたしたち、卒業記念のイベントをどうしようかって、夏休み前に話し合ってたんです。こういうの、いいですよ。絶対楽しいし、盛り上がりますよ。やりましょうよ、松本さん。なんだったら卒業記念じゃなくって、全校生徒を巻き込んで、盛大にやったっていいんだし。その方が手伝う人も、たくさん集められると思うし。いいかもしれないです」

二人の女子に詰め寄られて、松本さんは完全に固まっていた。

っていうか、なんなんですか。あなたたちの、そのパワー。瞬発力。

そして、グレート・マミヤ正規パイロットとしての、僕の立場はいかに。

14

松本さんは最終的に、現像まで手伝ってもらえるのなら、という条件付きで、再び「世界一長い写真」に挑戦すること、それを僕らの中学で撮影することを約束してくれた。

若者三人はそろって挨拶。

「お邪魔しました」

「また、いつでも遊びにいらしてください……タケちゃんも、あんまり無理しないで」

「三郎さんもね。うん……ご馳走さまでした」

松本さんと奥さんは、僕たちの乗った車が坂を下りて角を曲がるまで、ずっと手を振って見送ってくれていた。

そして、帰りの車中。意気投合したあっちゃんと三好は、なんの申し合わせもなく後部座席に乗り込み、僕は必然的にお祖父ちゃんの隣、助手席に座る破目になった。

後ろの二人は、なんかずーっと、ぺちゃくちゃ喋ってた。

この二人、同学年だったら絶対に仲良くなれない取り合わせだと思う。あっちゃんって、まあ、いってしまえば典型的な不良だし、三好はどっからどう見たって優等生だ。ただ、クラスでどんなポジションにいるかとか、誰と友達で誰と仲が悪いとか、理由もなく無視したとか悪口いったとか、そういう利害関係がまったくないから、今は単に「強めの女子」という共通点だけで、共感し合えているんだと思う。

「温子さんって、普段は何やってるんですか」

「あ？　別に、なんもやってないよ。なんたってほら、このジイさんに徘徊癖があるからさ。いなくなったら店番とかしなきゃいけないし」

「徘徊」はひどいよ。せめて「放浪」にしとこうよ。

「この前まではダンサーになろうかと思ってたんだけど、最近は店でも出そうかなって思ってる。じゃなかったら、まあ……結婚もいいかな、みたいな」

おーい。相手は誰だーい。

「すごい。温子さんて、いろんな才能があるんですね」

「いや、どれもやる気の問題だよ。その気になりゃ、たいていのことはできちゃうもんだよ。思う通りにならないのは、やる気がないか、我慢が足りねえんだよ」

三好、ムカついて。ウソだぁーってツッコんで。

「……分かります。やる気って、一番大事だと思います」

そうか。そこ、分かっちゃうんだ。困ったな。

「奈々恵ちゃん、あんたなかなか見どころがあるね。顔も、よく見ると可愛いしな」

うそぉん。昨日は「ちょいブス」っていってたじゃない。

ちなみにお祖父ちゃんは、運転しながら小声で、また「星影のワルツ」を唄っている。行きに唄ってウケたので味を占めたらしい。

でもお祖父ちゃん。いま三好、あっちゃんとの話に夢中で、全然聴いてないよ。残念だけど。


なんだかんだで、こっちに戻ってきたのは夕方の六時過ぎだった。

効率を考えたら、まず三好の家に寄って彼女を降ろして、それからお店に戻って解散、ってすればよかったんだと思う。でも、あっちゃんとの話が盛り上がっていたからか、三好は「大丈夫です。お店の方でお願いします」といって譲らなかった。

そのくせお店に着いて、あっちゃんとお祖父ちゃんに別れの挨拶をするや否や、

「……内藤くん。そこまで送ってね」

威圧感たっぷりの小声で命令。

「ああ、うん……じゃあ僕、ちょっとそこまで、いってくる」

僕に送らせてどうすんの、という疑問はある。だって、もしだよ。夜道で不良に絡まれたりして、そうなったとき、僕にどうしろっていうの。僕が三好を助けるの？　まさか。どう

考えても無理でしょう。三好が僕を助けるってパターンならアリかもしんないけど。

歩き始めて、最初の曲がり角で振り返ると、まだあっちゃんとお祖父ちゃんがこっちを見ていた。

三好が丁寧にお辞儀をする。

そこを曲がってお店が見えなくなると、なんか、急に二人きり、みたいな雰囲気になった。

「ノロブー。今日は、お疲れ」

「ああ、お疲れさま」

三好は携帯を出して、開いて、またすぐ閉じてポケットにしまった。時間を見たのか、メールの確認か。

白っぽいワゴン車が一台、僕たちを追い越していく。

三好は、その排気音が遠くなってから話し始めた。

「……ちょっとさ、あたし、ノロブーにいいたいこと、いくつかあるんだけど。いいかな」

そうか。このために三好は、車で送ってもらうのを遠慮したのか。でわざわざ、僕に送ってけっていったのか。やられた。ハメられた。いくつかいいたいこと？　駄目。何もいっちゃ駄目。

「うん……なんでしょう」

何いわれるんだろう。怖いよ。

「あのさ……ノロブー、なんで回転カメラのこと、あたしにずっと黙ってたの」

げ。そこから穿《ほじく》り返しますか。

「あ、いや……それは」

「一学期にネットで、マミヤのこと一緒に調べたよね。少なくともあの時点で、ノロブーはあの回転カメラの存在を知っていたわけだよね。違う？」

ちなみに初号機は、今日の時点では松本さんにお返しして帰ってきました。

「ん……うん。そう」

「なんで隠してたの」

「いや、別に、隠してたわけじゃ……」

「隠してたじゃん。じゃなかったら、あの時点で回転カメラのこと、あたしにいえたはずでしょう」

それは、その、なんといいますか。

「なに。あたしにあのカメラのこと教えたら、いーないーな、貸して貸してとかいって、横取りされるとでも思った」

ええ。そう思ってました。で、僕より確実に優れた写真を撮ってくるだろう、とも思ってました。

「いや……そういう」

「違うの？　だったら何よ。はっきりいいなさいよ」

　僕が、ちょっとの間答えられずにいたら、三好は、ハァーッて溜め息をついて、ゆるく首を横に振った。

「……そんなこと、あたしがするはずないじゃない。あたし前に、ノロブーにいったよね。もっと自立しなって。ポジティブになりなって。あのカメラに出会って、ノロブーはノロブーなりに試行錯誤して、いろいろやってみたわけでしょう。失敗しても諦めないで、なんとか、あのヒマワリ畑までたどり着いたわけでしょう。そういうのさ、他のことならともかく、あたし、写真部の部長なんだよ。なんであたしに、こんなスゴイの撮れたんだよ、見て見てって持ってこないの。自慢しにこないの」

　横から見たら、三好は、ちょっと泣き顔っぽくなってた。

「……情けないよ。毎月五枚は撮ろうねって目標まで決めてんのに、それには応えてくんないで、何やってんのかと思ったら、ちゃんとカメラやってんのに、いいの撮れてんのにコソコソ隠してて。でもってあれ、安藤エリカには見せるつもりだったんでしょう」

　いや、それは誤解です。

「ノロブーのそういうとこさ……あたし、けっこうイラッときてたんだけど、でも今日、松本さんとこまでいってみて、ノロブーがあのギネス写真見て、うわーってなってる顔見て、正直……ちょっと、嬉しかったんだよ。あんた、洋輔がいる頃は、毎日ああいう顔してたじゃん。もっと楽しそうだったじゃん。大体さ、洋輔がいなくなって寂しいの、ノロブーだけじゃないんだよ。みんな、洋輔がいないならいないなりに、いろいろ工夫してやってんだよ。あんた一人だけ、いつまでも迷子みたいに……辛気《しんき》臭い顔してられると、ほんとムカつくんだよ。こっちまで気が滅入るよ」

僕って、そんなに――。

「三六〇度、ぐるっと笑顔とかいう前に、あんたが笑顔を取り戻しなよ。あんたがまず、洋輔なしでも笑えるようになりなよ」

いつのまにか、三好の家の近くまできていた。

生垣の前で振り返った三好が、じっと僕の方を見る。でも表情は、外灯が逆光になってて、あんまりよく分からない。

「……とりあえず、新学期。あんたが撮影イベントについて、クラスで提案しな。あたしも協力するから。クラス委員としても、写真部部長としても、全面的にバックアップするから。ノロブーが先頭に立って、三六〇度パノラマ撮影について、みんなに説明しな」

えっ、そんな。いきなり困るよ。

九月になり、二学期が始まった。

始業式やらなんやらが終わったあと、僕は三好に襟首をつかまれて、職員室まで連れていかれた。

「谷村先生、ちょっといいですか。内藤くんから、お話ししたいことがあるんですけど」

「ええ、いいけど……どうしたの」

そこで、ようやく首吊り状態から解放される。ほら、と上履きに蹴りが入る。イッて。分かってるよ。分かってるから蹴んないでよ。

「えっと……あの、一学期のときに、卒業記念イベントとして、何をやるのかって、まだ、決まってなかったと思うんですが……」

とりあえず、「世界一長い写真」の撮影を兼ねた、卒業記念イベントをしたらどうでしょう、というところから始めて、三六〇度パノラマカメラの説明、すでにギネス記録を獲得していること、たとえばこんな感じです、とヒマワリ畑の写真を見せ、こういうので何周もやるんです、というところまでいってみる。

「……どう、でしょうか」

谷村先生は、なんか、笑う途中みたいな顔になっちゃって、そのまま僕たち二人を見比べた。

「うん、とっても素敵……な、感じでは、あるんだけど、正直、ちょっと……よく分からないっていうか、なんていうか」

ですよね。だって、松本さんが撮影したみたいな、人が輪になってる写真がないんですもんね。一枚くらい借りてくれればよかったな。

「だからね、谷村先生。こういうことなんですよ」

結局、黙ってらんなくなった三好が追加で説明して、ようやく谷村先生は分かった、ような気になったみたいだった。


翌日の学活。

「……えーっと、一学期に決まらなかった、卒業記念イベントについてなんですが、内藤くんから提案があるということなので、ちょっとみんな、聞いてみてください」

うう。なんか若干、ヤラセっぽい気がしないでも。

「内藤くん、お願いします」

「……はい」

立つと、クラスメイト全員の目が一斉に、僕に向いた。

いや、そんなに、ガン見しないでください。

「……あ、あの……実は」

「ちゃんと、前に出て説明してください」

げー、マジですか。前で説明するなんて、そんなこと三好、ひと言もいってなかったじゃない。

でも、まあ、そういうもんかもしれないね。うん。

仕方なく前までいって、三好がどいた教壇のところに、僕は立った。

「……えっと、これは、その……卒業イベントの、一つとして、提案するんですが、その前に、世界一長い写真、というものについて、説明、します」

声、震えた。膝もガクガクしたし、手も汗びっしょりになった。みんな、なんでノロブーなんだよ、みたいな目でこっちを見てる。すっごいアウェーに感じた。ここは僕のいるクラスではあるけれど、でも少なくともこの壇上は、僕が立つべき場所ではないと思った。

大体僕だって、好きでこんなとこに立ってるわけじゃない。でも、そうなんだよな。今は、僕がやるしかないんだよな。

昨日あっちゃんから電話があって、写真館の宮本さんにはもう協力してくれるように頼んじゃったっていうし、代わって出たお祖父ちゃんはお祖父ちゃんで、三郎さんのためにも立派な撮影会にしてくれよ、とか、プレッシャーかけるようなことばっかりいうし。

なんか、外堀ばっかりガンガン埋められちゃって。

「えっとですね……」

とにかく「世界一長い写真」を語るためには、まずグレート・マミヤシリーズについて、みんなに理解してもらわなければならない。

「あの……それはですね……こう……ちょっとレトロな感じの……カメラで……いや、改造っていうか、まあ、そういうことが、してあって……あります」

僕は、身振り手振りも交えて、一所懸命説明したんだけど、でもみんな、チンプンカンプンって顔しかしてくれなかった。中には欠伸《あくび》してる人も、隣と喋ってる人もいた。

しょうがないから僕は、いったんみんなに背を向けて、黒板に、チョークで図を描き始めた。三脚を立てて、その上にグレート・マミヤをセットしてある図。ここがモーター、ここが回転軸、って注釈も入れて。大事なところには、赤とか黄色も使って。

「……このスイッチを押すと、この部分がまるごと、ぐるぐる回り始めます」

でも、大まかに描き終えて前を向いたら、なんか、ちょっと空気が変わってた。

へえーって顔をしてるのは、サッカー部の木下。

こう？　って隣の人に動きを確認してるのは、水泳部の唐沢《からさわ》さん。

たぶん、って頷いてるのは、美術部の坂本《さかもと》さん。

あれ。なんか、さっきまでのアウェーな感じが、しなくなってる。

「ほら、ノロブー」

あ、そうだったね。サンキュー三好。

「……えっと、それで、僕がちょっとの間、借りてた、三六〇度パノラマカメラで撮った写真があるんで、参考までに、見てみてください」

家から持ってきたヒマワリ畑の写真、六枚を、それぞれ〝川の先頭〟に渡す。

「……ん、何これ」

「チョー綺麗、すっご」

最初に手渡したのは、陸上部の青木《あおき》と、アニメ研究会の飯田《いいだ》さん。

「これ何、ノロブーが撮ったん」

そうなんだよ。加藤《かとう》くん。

「おっ、こっちの夕陽バージョン、チョーよくね」

そういってもらえると嬉しいよ。島田《しまだ》くん。

「……クミコ、ちょっとさ、これ長いからさ、私が流してくから、順々に後ろに送ってくようにして見ようよ」

田辺《たなべ》さん。それ、いいアイデアですね。みんなも真似してみてください。

「これって、海岸にいく道の途中の、あのヒマワリ畑？」

そうです、成田《なりた》さん。ちなみに僕、いま初めてあなたと喋った気がします。

「ちょっとよ、俺らんとこも夕陽にしてくれよ。もうねーのかよ」

輪島《わじま》くん、順番で。順番で流すから待ってて。

でも、あれ？　なんだろう。この感覚――。

そのとき僕は、なんというか、ゾクゾクするような、でも寒気じゃなくて、むしろあったかいというか、妙な感覚を味わっていた。

みんなが僕の撮った、ヒマワリ畑の写真を、取り合うようにして見てくれている。口々に、すげーとか、綺麗とかいいながら。

「おーい、ノロブー」

急に真ん中辺りで、柴田明が手を挙げた。

「えっ、なに」

「そのよぉ、回転カメラが、なんで卒業イベントなんだよ」

ああ、そうだったよね。

「……うん、じゃあ、それについて、今から説明します」

僕は再びチョークを握り、黒板に向かった。


やろうとしてることは、大体みんな分かってくれたみたいだった。

ここまでで僕の役目はお終い。三好に教壇の立ち位置を返す。

「……というわけなんですけど。この、世界一長い写真の撮影会を、私たちの学年の卒業イベントと位置づけて、他のクラスにもアピールしていきたいと思うんですが、どうですか。決をとってもいいですか」

ちょっと待った、と挙手したのは、またしても明だった。

「はい、柴田くん」

なかった。

「それさ、なんで十三回転もやる必要あんの」

うっ、それ、どう説明したらいいんだろ、と僕は思ったけど、三好は全然。うろたえもし

「ギネス記録更新のためです」

「十三回転したら、ぜってー更新できんのかよ」

「できるそうです。今現在の記録保持者が、さっき説明した、カメラの製作者の松本三郎さんなんで、まあ、いってみれば、松本さんが松本さんの記録を更新するわけで、そんな、世界中で日々記録が更新されている、というジャンルでもないみたいです。私たちはその、撮影のお手伝いをする代わりに、私たちの卒業写真が、世界記録として登録されると、そういうことです……どうですか」

面白そうじゃん、とあちこちから声があがる。

「じゃあ、決をとります。世界一長い写真の撮影会を、私たちの学年の卒業イベントとして、他のクラスに提案することに賛成の人、手を挙げてください」

たぶん全員が、手を挙げてくれていた。

それもみんな、ちょっと嬉しそうな顔をしながら。

まるで、このクラス自体が、ヒマワリ畑になったような――。

なんていうのは、ちょっと言い過ぎでしょうか。

15

三年C組案として採用されたら、次はクラス委員会に持ち込んで、全校生徒参加型の卒業イベントとして提案しなければならない、と三好はいう。

「ひょっとして、僕もそれに？」

「当たり前でしょう。ノロブー以外に、誰があのカメラの説明するのよ」

「そんなの、三好だって、後ろのフタ開けて、中身見て、へぇー、スリットカメラなんだぁ、とか、完璧に理解してたじゃない」

コツッ、と足首に蹴り。だから痛いってば。

「会長のあたしが委員会に持ち込んで、あたしが決とって採用ってやったら、なんか八百長臭いでしょうが」

そう。三好って、クラス委員会長もやってるんだよね。

ちなみにうちの学校には、クラス委員会と生徒会が別個にあって、生徒会の方が大きなイベントとか、部活を束ねている、らしい。

むむ。ということは。

「あの、もしかしてさ、クラス委員会で承認されたら、今度は、生徒会にも説明にいかなきゃならないの？」

「そりゃそうよ。クラス委員会は生徒会の中にあるんだもん」

ああ、そうなんだ。知らなかった。

「規模はともかく、クラス委員会は、風紀とか保健とかと同列の、専門委員会の一つに過ぎないの。特に撮影会を全校生徒参加のイベントにするんだったら、生徒会での承認は必要不可欠でしょう」

うう、なんかすごく、政治っぽい。僕、そういうの苦手。

「まあ、クラス委員会で承認されたら、直近の生徒会の議題に上げて、そしたらたぶん、次の段階として、実行委員会が設置されることになると思う。卒業記念撮影会実行委員会とか、ギネス写真撮影会実行委員会とか、なんかそういう名前で。で、ノロブーにはそこに入ってもらって、イベントの実施に関して仕切ってもらうことになると思う。特に撮影の技術面で。分かった？」

えっ、何が？

一度クラスで説明してたんで、多少は僕も慣れてはいたんだけど、でもやっぱり、クラス委員会でとなると勝手が違った。みんな真剣に聞いてくれてる分、違う緊張感があった。膝は震えなかったけど、お腹が痛くなりかけた。

「内藤くん、ありがとうございました……まあ、以上のような感じの撮影イベントを、三年C組の案として、考えてみたんですが。質問とか、何かありますか」

はい、と真っ先に手を挙げたのは二年生の女子だった。頭のよさそうな、目つきがキリッと鋭い子。

「それは、どこで撮影するんですか」

普通校庭でしょう、とか思ってたら、隣の三好が、コツコツッと机を叩いた。

「……ちょっと、内藤くん」

「え、なに」

「いま質問されたでしょ。あなたが答えるのよ」

ああ、そういうこと。

「え、っと……どこで、でしたっけ？　たぶん、校庭です」

たぶんとかいわないでよ、と三好がボヤく。

二年女子がさらに続ける。

「校庭で、その回転カメラを中心に、全生徒が輪になって、撮影するんですよね」

「はい、そうです」

「ということは、雨が降ったらどうなるんですか」

「あっ、そう……ですね。雨じゃ、できませんね。中止です」

カメラ壊れちゃうし。

「では、雨で中止になった場合の、次の日程も考えておかなければならないですよね」

なるほど。そういうことも、事前に決めておかなきゃなんないのか。そりゃそうだよね。

委員会って、けっこう大変だな。

そこ、ちゃんと書いておいて、と三好が書記の人にいう。ちなみに、三年の学年主任の野《の》坂《さか》先生も後ろの方にいるけど、特に口を出すつもりはないらしくて、さっきからずっと、黙って会の進行を見守っている。

また手が挙がった。今度は三年E組の本木《もとき》くんだ。

「さっき、歌舞伎の早変わりみたいにして、一回転ごとに変化をもたせて、それを十三回転っていってたけど、具体的には、何をどういうふうに変化させていくの」

これにも、どうやら僕が答えなくてはいけないらしい。

「えっと、たとえば、部活だったら……剣道部を例にとると、一回転ごとに、みんなで構えを変えて撮影する、みたいな。あとは、メッセージボードとかを作って、それを持ち替えたりとか。それはグループごとに。いろいろ工夫してもらって」

「ってことは、テーマはそれぞれのグループに任せる、ってわけ？」

「うん、そう。それぞれの部活とかで」

「でも、グループの単位を部活に限定しちゃうと、難しいんじゃないかな。だって、部活やってない子だってけっこういるわけでしょう」

そうか。そりゃそうだ。んー、困ったな。

「……グループ分けについて、何か他に案、意見はないですか」

そっか。自分で答えられなかったら、アイデアを募集してもいいのか。三好ってやっぱり、こういうのに慣れてるんだな。すごいや。

さっきとは違う二年生女子の手が挙がった。

「部活をやってない人が集まって、クラスで出し物を考えてもいいんじゃないですか。文化祭みたいに」

「ちょっと待った」

両手を挙げて止めたのは、三年D組の入江《いりえ》さん。

「さっきから、テーマとか早変わりとかいってるけど、そもそも一回転って、どれくらいの時間なの？」

えーと、松本さんは、どれくらいっていってたかな。

「確か、二十秒とか、それくらいです」

「じゃあ、自分のところをレンズが通り過ぎたら、残りの十何秒かで、次の準備をしなきゃならないのね？」

「そういうことです」

入江さんが、さっきの二年女子に向き直る。

「とすると、あくまでも、文化祭みたいなクラスの出し物、って考えると、部活と掛け持ちするのは難しくなるよね。二十秒っていう時間じゃ。だったら分け方は、やっぱり、部活なら部活、クラスならクラスって、きっちり決めちゃった方がいいんじゃないかな」

だから、と本木くんが割り込んでくる。

「部活に決めちゃうと、部活やってない人はどうすんだって話でさ」

「でもクラス単位だと、テーマとか作りづらくない？　部活だったら、さっき内藤くんがいったみたいに、剣道なら、構えで変化をもたせようとか、そういうアイデアも出しやすいけど、クラスだとさ、そういう共通の、みんなで協力してできるテーマとか決めるだけで、けっこう大変だと思うんだ。不満も出るだろうし」

不満、は嫌だな。できればみんなに、楽しんでやってもらいたい。

そこでいったん、三好が議論を中断させる。

「……確かに、全校生徒参加型のイベントとして、グループ分けを部活単位にするか、クラス単位にするかは重要だと思うけど、そこんとこ決めてからじゃないと、多数決できないかな。そこはあとで解決するってことにしておいて、とりあえず、パノラマ撮影会を全校あげてやる、ということを、生徒会に提案するかしないか。そこんとこだけ、先に決めちゃうわけにはいかないかな」

初めて、写真部の内田が手を挙げた。彼は三年B組。安藤さんのいるクラスだ。

「いや、そこんとこ決めないと、決はとれないでしょう。だって、あとでグループ分けで揉めて、企画倒れになる可能性だってあるわけだから」

そりゃそうだ、みたいな反応が、約半数。

確かに、それはいえてると僕も思う。

再び本木くんが挙手。

「俺も、それは先に決めないと駄目だと思う。いざやるってなって、そういうのめんど臭《くせ》え、参加したくない、って奴がバックれるのは勝手だけど、でもやりたいのに、参加したいのに入るところがないって人が出てくるのは、マズいと思う。部活の単位で考えてたら、そういう奴、絶対に出てくると思う」

ふと、洋輔の顔が頭に浮かんだ。洋輔って、なんでも器用にやるわりに、部活動は何もやってなかったんだよな。ギター弾けんならフォークソング同好会入れよ、ってエディに誘われてたけど、結局それにも入らなくて。

あ。

「ねえ、ちょっといい……」

僕はみんなに聞こえないように、小声で三好を呼んだ。

「……なに」

「いっそさ、〝帰宅部〟って括りのグループを、作っちゃったらいいんじゃないかな」

三好の眉毛が段違いになる。左眉だけ、前髪に隠れる。

「何それ」

「だからさ……洋輔とか、そうだったじゃない。帰宅部ってのをアリにすれば、そうしたら、部活やってない人も、シャレっぽく参加できるんじゃないかな」

すると、急に三好がみんなの方に向き直って手を挙げた。

「ちょっと、ちょっと聞いて……はい、内藤くん」

えーっ、なんでまた僕なの。

「……いいよ、三好、いってよ」

「自分で考えたことなんだから、自分でいいなさいよ」

「でも」

「男でしょ……はい、ちょっと内藤くんから、提案でーす」

しかも、なぜか僕だけ立たされて。今までみんな、座ったまま発言してたのにさ。

「えっ、と……だから、ですね。あくまでも、メインの分け方は、部活ってことにしておいて。で、特に部活をやってない人は、まあ……仮にですけど、帰宅部ってことにして、もうそれを……仮にですけど、正式な部活と認めちゃう、みたいな。そういう感じにして、その中で、まあ……普段、どんなことやって遊んでるとか、そういうテーマでやってもらってもいいし、仲良い友達と、二人とか、三人で何かやってもいいって、そういう……ちょっと、シャレっぽい括りっていうか、ゆるめのグループ分けがあっても、いいんじゃないかな、って……」

ヤベ。なんかみんな、ポカーンってなってる。

ほら、やっぱり。僕みたいのがしゃしゃり出てきて、発言とかしちゃいけなかったんだよ。

でも、そのときだ。

「あの……」

ずっと向こうの方で声がした。四角く輪になってる机の、ちょうど僕から見て反対側。野坂先生の手前にいる、ちっちゃな男子が手を挙げている。位置からしても、なんとなく一年生っぽい。

三好が、どうぞ、と促す。

「はい……あの、その帰宅部って分け方、なんか、いいと思います。僕も、特に部活とかやってないんで、何っていわれたら、帰宅部になっちゃうんですけど、でもそれで、家では普段、漫画を描いてて……たとえばそれを、遠くからも見えるような、大きめのを十三枚用意して、持ち替えて写してもらっても、いいわけですよね」

僕は、思わず椅子からお尻を浮かせていた。

「そう、うん。そういうこと」

本木くんが、頷きながら手を挙げる。

「ちなみにスズキくんは、部活をやってない他の子たちも、ほんとに帰宅部って括りで、参加してくれると思う？」

さっきの一年生っぽい男子は、スズキくんというらしい。

「はい、参加すると思います。帰宅部は帰宅部ってことを、そんなに後ろめたくは思ってないんで。けっこう冗談っぽく、面白がって参加してくると思います」

ならいいんじゃない？　と入江さんも頷く。

内田が三好の方を向く。

「議長。部活、アンド帰宅部で、全生徒に参加枠が用意できるなら、もう決とっちゃっていいんじゃないですか」

「うん、そうだね……部活と帰宅部、この二つの括りから漏れちゃう人って、なんか考えられるかな。大丈夫かな」

誰も手を挙げなかった。

「……じゃあ、ここでいったん決をとります。ギネス写真の撮影会を、全校生徒参加のイベントとして、生徒会に提案することに賛成の人、手を挙げてください」

おお、全員賛成。

なんか、ちょっとすごいことになってきた気がする。


噂をすればなんとやら。

その夜、突如洋輔から、携帯に電話がかかってきた。

『うーす、ノブ、久し振り』

ほんとは、ぞぞぞっと寒気がするくらい嬉しかったのに、なんとなく、そういうふうにはいえなくて、

「お、おお……久し振り。元気？」

よく分かんないけど、僕はあの頃より、若干クールに振る舞ってしまった。

洋輔は、どうだろう。

『うん、元気元気。っつか、悪かったな、全然連絡とかしないで。俺もさ、こっちきて、俺ってこんな感じですけどォみたく、アピるのにひっちゃきになってたとこあってさ。そしたら、そっちいたときみたいに、勉強しません、サッカー部は入りません、バンドも組みません、ってわけにゃいかなくなっちゃってさ。ついこの前まで、サッカー部と軽音楽部の掛け持ちだったたんだよ。あと、文化祭実行委員とか、そんなんもやらされる破目んなった』

洋輔が何かの委員って、似合わないなぁ。

『ノブはどうよ。俺がいなくなって、寂しかったんじゃねーの』

「はは……まあ、でも、ぼちぼちやってるよ」

あ。ひょっとして僕たち、実行委員つながりかも。

「そういえば、なんか僕もさ、卒業記念に、ちょっと変わったカメラで記念撮影をする、実行委員会に入るかもしんないんだ。まあ、三好に、強引にやらされる感じなんだけど」

『へえ、ノブが実行委員会か。何その、ちょっと変わったカメラって』

手振りも黒板もなしで伝わるかは分かんなかったけど、でも一応、できる限りの説明はしてみた。まあ、説明はお陰さまで、だいぶ慣れてはきてるんで。

『なに、そんで、それ成功すっと、ギネスに載るの』

「うん、たぶん。そうなると思うんだ」

『すっげーじゃん。そのカメラ、ノブが最初に発見したの』

「発見っていうか……あっちゃんが東京から引き取ってきたのを、僕が勝手に使っちゃったってだけなんだけど」

『でもその、ヒマワリ畑が大好評なわけだろ』

「大……んん、まあ、そこそこ」

『エリカも奈々恵も、絶賛したわけだろ』

その名前、サラッといえちゃうんだ。僕はあんなに居たたまれない思いをしたってのに。

『すげーじゃん、ノブ。全校イベントの仕掛け人じゃん』

「いや、そこまでじゃ……そこは三好が、なんか、上手く引っぱってくれたっていうか。まあ、まだ生徒会の承認も受けてないし、実行委員会もできてないんだけどね」

洋輔は、そっか、っていって、しばらく黙った。

僕も、うんって頷いて、携帯を右から左に持ち替えた。

窓から、秋っぽい風が忍び込んでくる。

洋輔のいる方は、ひょっとしたら、もっと涼しいのかな。

『なんか……安心したよ。ノブ、元気そうで』

ちょっと目を伏せて、照れたように笑う洋輔の顔が目に浮かぶ。

「なに、急に」

『いや、なんつーか……俺たち、幼稚園から、ずっと一緒だったじゃん。んで、俺が風邪ひいて休んだ日に限って、ノブが誰かに泣かされる、みたいなパターン、あったじゃん……なんかそういうの、こっちきてから、やたら思い出してさ。明とかに、なんかされてねえかな、とか、ちょっと、思ってたんだよね』

そのわりには全然連絡してこなかったけど、まあ、それはいっか。僕だって、メールも電話も全然しなかったし。お互い様か。

「僕は、大丈夫だよ……なんとか、やってけてる」

洋輔が、いなくても。

『そっか……なら、いいけどさ』

「そんなに僕、洋輔に、心配かけてたかな」

『ああ、けっこうな。世話のかかるやつだったよ』

だよね。自分でも、そうだったと思う。

『……ほんとに、大丈夫なんだな』

洋輔の声。最後に喋ったときより、ちょっと太く、大人っぽくなってる気がする。

「うん……大丈夫。そんな、心配しないでいいよ」

『あ、そうだ。俺にも、そのヒマワリ畑、見してくれよ』

「うん、見てみて……ああ、じゃあ明日、写真館いってプリントしてもらってくる」

『なに、自分ちじゃできねーの』

「できないよ。フィルムだし、すごい特殊な焼き付けをしなきゃ駄目なんだ」

『そっか』

「できたら送る」

『ああ。楽しみにしてる』

じゃあ、ってお互いにいって、切ってから僕は思い出した。

CDの入れ違い事件。まあ、それはまた今度でいっか。

16

翌週に開かれた生徒会で、また僕は三六〇度パノラマカメラと、「世界一長い写真」について説明した。

すでにクラス委員会での承認は受けてるわけだから、もともと僕はそんなに心配してなかったんだけど、実際の活動はクラブごとになるってことで、文化祭との兼ね合いが難しいとか、ちょっとだけそういう反対意見も出た。

でもそこは、三好が上手くやってくれた。

「むしろ、文化祭の準備にこれも組み込んじゃって、一気にやった方がいいと思います。それに、ようは十三ポーズを部活単位で決めるだけですから、はっきりいって、それってアイデア勝負なんで。必ずしも、準備に時間をかけなきゃいけないわけでもないと思います。むしろ普段の部活の中で、ちょっと空いた時間にみんなで意見出し合ってみるとか、それくらいでイケちゃう場合の方が多いと思います。ちょっと長めの記念撮影だと思えばいいと思います」

お陰でここでも、三六〇度パノラマ写真の撮影会は、満場一致で、卒業記念イベントとして承認されることになった。

僕はなんか、それですっかり大仕事を終えた気分になってたんだけど、まだまだ。僕たちは単に、スタートラインに立ったにすぎないのだった。


その次の学活では、三年生の各クラスから一人ずつ、実行委員を選出することになった。当然というかなんというか、C組では僕が選ばれ、放課後には早速、第一回の実行委員会が開かれた。

メンバーはどんな感じかというと、A組からは細田綾子《ほそだあやこ》さん。元バスケ部の活発な感じの人。

で、B組からはなんと、安藤エリカさん。

「よろしくね、内藤くん」

「あ、うん……こちらこそ、よろしく」

D組は瀬田範幸《せたのりゆき》くん。確か、サッカー部でずっとキーパーをやってた人。

E組からは、吉岡真奈美《よしおかまなみ》さん。ごめんなさい、吉岡さんのことは僕、よく知らないんだけど、でもこうやって見ると、僕以外はほとんど運動部なんだね。安藤さんは陸上部だったし。

そっか。夏で引退して、ちょっと時間ができたから、だから手伝えるようになったってことか。

委員会の担当というか、相談役になったのは谷村百恵先生。

で、最初は谷村先生が司会をして、議長を兼ねた委員長を選出。ほんとは嫌だったんだけど、そんな柄じゃない、絶対に無理だっていったんだけど、でも安藤さんが、

「内藤くんしか考えらんないよ」

とかいうし、他の三人が賛成すると、谷村先生も、

「内藤くんならできると思うよ。やってみたらいいじゃない」

とかいうんで、まあ、仕方なく。

「じゃあ、改めて……どう、挨拶していいのか、分かんないですけど、内藤……です。よろしくお願いします」

ちょっと、拍手されちゃったりして。

「それで、あの……じゃあ、最初の議題、っていうか、これは、谷村先生っていうか、学校側からの、提案なんですけど……日程について、なんですけど、文化祭が終わった週の、木曜日……十月十四日の、六時間目の総合と、あとちょっと放課後を使ってやるのはどうか、ということと、なんですけど、天気が悪いと中止になっちゃうんで、予備として、次の十五日の、やっぱり総合の時間と放課後、ということで、えっと……どう、でしょうか……っていうか、この日しかないんですよね。だから……まあ、いいってことに、しちゃいますか」

うーん。やっぱり、いきなり三好みたく、上手くはできないな。

みんなも、なんかクスクス笑ってるし。

そこで安藤さんが挙手。

「あの、この実行委員会って、正式には、なんて名前なんですか」

いわれてみれば、そうだね。

なんとなく僕は先生の方を見ちゃったけど、谷村先生は「さあ」みたいな顔で肩をすくめただけで、別に決まった名前はないみたいだった。

「じゃあ、まずそれを、決めちゃいましょうか……みなさんは、一応クラス委員から、三六〇度パノラマ写真であるとか、それを十三回転させる撮影会だってことは、説明を受けてるんですよね」

四人、それぞれが頷く。

「では、それをですね、まあ……イメージしてもらって、なんか、いい名前、考えてください」

またみんな、クスクス笑ってる。やっぱり僕、柄じゃないんだよ。議長とかそういうの。

最初に手を挙げたのは瀬田くん。

「まあ普通は、卒業記念撮影会、実行委員会とかになるよな」

それには、細田さんが首を捻った。

「撮影会、実行委員会って……〝会〟が二つ入るの、なんかカッコ悪い」

瀬田くんは、一瞬面白くなさそうな顔をしたけど、でもすぐ、納得したように頷いた。

安藤さんが遠慮がちに手を挙げる。

「……じゃあ、ギネス写真撮影会、実行委員会ってのも、駄目だよね。〝会〟が二つ続いちゃうもんね」

そう、いうことになりますね。

ふいに吉岡さんが、谷村先生の方を向く。

「先生、どうしても最後は〝実行委員会〟じゃなきゃ駄目なんですか」

「ん？　どういうこと」

「だから、上をなんとか撮影会にして、下を実行委員会じゃないのにしてもいいのかな、って」

「んー、別にいいんだろうけど、でも実行委員会以外に、なんてつけるの？」

「たとえば……撮影会、実行……本部、とか」

やだ、かたーい、と細田さんがいう。吉岡さんも自分でいってそう思ったのか、だね、といって、ちろっと舌を出した。

その後もいろいろと案は出た。「実行推進部」とか、シンプルに「実行部」とか。洒落たところでは「パートナーズ」とか、「サポーターズ」とか。瀬田くんが「連絡会」といえば、細田さんが「会、ついてるし」とツッコむ。吉岡さんが「同盟は？」というと、また細田さんが「怖いよ」と答える。そんな展開がしばらく続いた。

でも僕的には、やっぱり下は「実行委員会」でいいんじゃないか、って気がしてならなかった。

「……いっそのこと、世界一長い写真、実行委員会で、いいんじゃないかな……」

あ、いけね。挙手もしないでいっちゃった。すみませんね。議長が一番不慣れで。

でも、先生を入れてもたったの六人しかいない、少人数授業で使うせまめの教室。ぽろっと出た呟きも、案外みんなには聞こえてたみたいだった。

「……内藤くん、今、なんていった？」

安藤さんが、もともと大きな目をさらに丸くして訊く。

「え、だから……世界一長い写真、実行委員会」

ピッ、と瀬田くんが僕を指差す。

「さすが委員長。いいじゃん、それ」

細田さんも、吉岡さんも谷村先生も、頷いてる。

「あ、そう……ですか。じゃあ、まあ、一応この会は、『世界一長い写真実行委員会』というのが、正式名称ってことで……よろしくお願いします」

ははは。なんか、難しいんだか簡単なんだか、よく分かんないな。

委員会が正式発足すると、途端に毎日が忙しくなった。

僕は、週に一、二回は松本さんに連絡を入れて、当日までに準備しておくことや、撮影に関する注意点なんかをいろいろ教えてもらった。

また、昼休みに委員会を招集して、校庭のどこにカメラを設置しようか、人はどれくらい離れて並んだらいいのか、なんてことも話し合った。松本さんは、前回はカメラから二十メートルのところに並んでもらって撮影したけれど、写真にしたらちょっと人が小さく感じられたので、今回は十八メートルくらいがいいんじゃないか、といっていた。

じゃあ、実際に半径十八メートルの円ってのはどんなものなのか。校庭に軽く線を描いて、そこに誰かを立たせ、見てみる。すると、けっこう遠いんだな、十八メートルってのは。それを半径とするわけだから、円はかなり大きなものになるってことが分かる。まあ、うちは校庭は広いんで、全然余裕でできちゃいますけど。

で、実寸が分かると、また次の問題が出てくる。

一つのクラブにどれくらいの幅というか、角度を割り当てたらいいのか、ということ。所属人数に関係なく、一クラブ一律、たとえば一五度とかに決めてしまうのか。いやいや、それは乱暴でしょう。そうしたら、その一五度がスッカスカのクラブもあれば、ギュウギュウ詰めのクラブも必ず出てきちゃう。

そうなると、今度は帰宅部も含めた全クラブ数と、それぞれの所属人数を調べる必要が出てくる。

数えてみるとうちの学校には、部や同好会、愛好会といったクラブが、なんと二十四もあることが分かった。ちなみに部と同好会では何が違うのかというと、ようは学校から出る予算が違うのだそうです。すみません。僕、そんなことも今まで知りませんでした。

それに帰宅部を加えたら、全部で二十五クラブ。しかも各所属人数を調べたら、実は帰宅部が一番多いことも分かってしまった。その数、なんと百二十三名。うちの全校生徒が今、六百十七名だそうだから、ほぼ五人に一人は帰宅部員だったのだ。

部長も何もいない、いわば架空のクラブが一大勢力ってのはマズいでしょう、ってことで、急遽帰宅部はいくつかに分けることになった。とりあえず、学年で分けるのが分かりやすいだろうってことで、一年帰宅部、二年帰宅部、三年帰宅部。で、実行委員が各クラスを回って部員の名簿を作り、撮影会についての指導もすることになった。

これによって、クラブ数は合計二十七になった。

ちなみに正規のクラブで最も所属人数が多いのは、テニス部だった。遊び感覚でもオッケー、という部の方針と、やはり男子も女子も入れるのが強みのようだった。その分、かなりの数の幽霊部員も抱えているようだけど。

そのテニス部の所属人数が、三十八名。全校生徒のほぼ十六分の一。これを角度に換算すると、二二・五度。長さでいうと、約七メートル。テニス部はこの七メートルの中で、十三回巡ってくるカメラに向かって何かパフォーマンスをしてください、ということになる。

僕らは各クラブに、同様の計算方法で出した角度というか、円周上に割り当てられる幅を伝えて、その中でできることを考えてください、といって回った。

もちろん、我が写真部だってこれに参加する。所属部員は七名だから、角度にすると、約四度。円周上の幅でいうと一・二メートル。隣の団体にちょっと押されたら、すぐ一メートル以下になってしまいそうだ。

「……まあ、こればっかりは、ノロブーに文句いってもしょうがないもんね」

「うん。なんとか、この一・二メートルの幅で、写真撮影の楽しさであるとか、三年間の活動の軌跡みたいなものを、表現してみてください」

ギュッ、と爪先を踏まれた。

「いイーッたいたいッ」

さらに睨まれる。

「……ノロブーにだけは、三年間の活動の軌跡とかいわれたくないよ。あんた、ろくに活動してないじゃん。ほとんど幽霊部員だったじゃん」

まあね。そうなんですけどね、実際。

でも、足をどけたときの三好は、もう笑ってた。

「……ま、こっちの方はあたしに任せてくれていいよ。ノロブーはどうやら、〝セカチョー〟委員会で手いっぱいみたいだから。今回は勘弁したげる」

ん？

「なにその、〝セカチョー〟って」

「あ、知らない？　〝世界一長い写真〟って言葉自体が長いから、みんな略して〝セカチョー〟っていってるよ」

そうなんだ。そういえば昔、そういうふうにタイトル略されてる映画、あったよね。

「でも、略されるってこと自体、受け入れられてる証拠だからさ。ノロブーも気合い入れてがんばんなよ。普通の写真撮影は、気に入るまで何度だって撮れるし、特にデジカメとかだと、予備だと思って無駄撮りしたりもするけど、これはどっちかっつーと、生パフォーマンスの要素が強いじゃない。だから、事前の準備は重要だよ。全校リハーサルだってやるんでしょ？」

うん。本番二週間前と、一週間前の二回。両方とも総合の時間にやらせてもらうことになってる。

「あたしにできることがあったら、なんでもいってよ。協力するから……ほんとは、あたしもセカチョー委員やりたかったんだけど、それをノロブーに譲ったんだからね。半端《はんぱ》なことしたら承知しないからね」

この人はどうして、途中まで優しいことといってても、必ず最後に、そういう脅すようなことというのかな。ほんと、三好って三好だよな。
まあ、今日のところは「ありがとう」って、僕も素直にいっておくけど。

本番の二週間前、最初の全校リハーサル。
僕ら「セカチョー」実行委員は、校庭に半径十八メートルの円を描き、それを各クラブの所属人数に合わせた幅で区切り、クラブ名を書いた紙をそれぞれの場所に置き、
《それではァ、順番に呼ぶんでェ、移動してくださーい……まず、バスケットボール部、南門の方に進んでくださァーい》
安藤さんが拡声器で、玄関前に集合した団体に呼びかけ、瀬田くんと吉岡さんが指定位置まで誘導していく。みんな文化祭の準備で忙しいのに、ちゃんと「セカチョー」用の準備もしてくれてるみたいだった。メッセージボードとか、アニメ研究会なんかは三メートルくらいあるガンダムを運んでいる。
《次でェーす。一年帰宅部ゥ、進んでくださァーい》
帰宅部もそれなりに形ができつつあって。三、四人でおそろいのコスプレをしてる人もいれば、制服のままの人も、例のスズキくんみたいに、自作のボードを持ってくる人もいる。中には、女装してくる男子もいる。

全団体が位置についたら、今度は僕が拡声器をもらう。
《ではこれから、全体リハーサルをします。撮影のスタートは、南門前のバスケ部から、時計回りにいきます。一周が約二十秒、十三回転です。一回の撮影は、四分半くらいになります。この……》
実行委員会で作った、ダミーのグレート・マミヤをみんなに見せる。
《レンズのところ、本物は赤くないですけど、これは分かりやすく、赤に塗ってあります。これが自分の方に向いている間に、ポーズを決めるなり、メッセージボードを持つなりして、パフォーマンスをしてください。失敗しても、途中でやめないで、一応最後までやってみてください。今日も、一回で終わりじゃないんで。三回くらいやるつもりなんで、いろいろ試しながら、やってみてください……では、準備に入ってください》
例のアニ研が、準備中にガンダムを破損しちゃって手間どってたけど、その他は大体、一、二分で準備を完了していた。
《準備いいですか……いいですね。では、一回目、回しまァーす。ヨォーイ、スタァートッ》
そうはいっても今回はダミーだから、段ボールで作ったグレート・マミヤは、実行委員の誰かが手で持って回さなきゃならない。最初の回は瀬田くんが回す役で、安藤さんがタイムキーパー。

「……十五、十六、十七……瀬田くん、ちょいハヤ」

二十秒で一回転って、実はけっこう難しい。実行委員のみんなで実験してみたところ、五つ数える間に九〇度回すよう心がけるのが一番やりやすい、ってことになっていた。これはまあ、本番には必要なくなる技術なんだけど。

あ、サッカー部のアイデア、面白い。最後まで続けられたら最高だけどね。

歴史戦国研究会、すごいな。本番までにぜひ完成させてほしい。

将棋部、そのネタで十三回転、本当に続けられますか？

バレー部も面白い。ある意味、ものすっごい力技。

そして、我が写真部は——。

放課後は、各クラブを手分けして回って、何か手伝えることがあればやるし、困ってることがあるなら相談に乗る、みたいな活動をしていた。といっても、そんなに遅くまで回るわけじゃないから、五時過ぎとか、遅くとも六時前には学校を出ることになる。

こんな半端な時間に下校するのは、はっきりいってセカチョー委員会のメンバーだけだ。

「んじゃ、俺はここで」

「お疲れさま。じゃあ、今度は明後日」

「了解。お疲れ」

まず最初に瀬田くんと、坂を下りたところで別れて、

「じゃ、ウチらこっちだから」

「次、木曜だよね」

「うん、木曜に。お疲れさま」

細田さん、吉岡さんとは、大通りに出たところで別れる。

ということは——そう。その後の、ほんの何百メートルかではあるけれど、その間だけはなんと、僕と安藤さんの、二人きりになってしまうのだ。

もちろん、今だって僕はドキドキします。安藤さんといることに慣れた、なんてことはまったくないし、何かの弾みで手が当たったり、髪がこっちにかかったりすると、跳《と》び退《の》いて、つい「ごめんなさいッ」ていいたくなるくらい、ビクビクします。常に緊張しています。

でも安藤さんは、ちょっと違ってきてるみたいだった。

二人きりになると、すぐ「いい？」と訊いて、カバンを僕の自転車の前カゴに入れてくるし。手ぶらになると、あーあ、と大きく伸びをして、それから後ろ手を組んで、ちょっと退屈そうに下を向いて歩いたりする。

「明後日の全校リハーサルで、もう最後だね」

「うん、そう……だね」

「セカチョー委員会、楽しかったけど……なんか、短かったね」

「うん、短かった……」

ああ、もう別れ道まできちゃった。

「ありがと」

安藤さんは、カゴからカバンを抜き、それを胸に抱える。

「内藤くん」

「あ……はい」

ちょっと冷たい風が、僕たちの間を吹き抜けていく。

安藤さんの長い髪が、ふわっと浮き上がって、小さな頬にかかる。それを邪魔くさそうに、細長い指で、後ろに追いやる。

「撮影会、本番。絶対、成功させようね」

「うん、絶対……成功、させよう」

「じゃあ、握手」

今、髪を追いやったばかりの手を、僕の方に差し出す。

長く、白い指の並んだ、右手。それが、街灯の明かりに、くっきりと浮かび上がる。

「ほら……握手しよ」

ハンドルから手を離すと、またちょっと風が吹いた。

掌が冷たくなる。どうやら僕は、たくさん手に汗を、掻いていたようだ。

ズボンにでもこすりつけて——そう、思ったんだけど、

「……はい、あーくーしゅ」

その前に、安藤さんに、さらわれてしまった。

サラサラした、やわらかい手だった。

「じゃ、また木曜ね。バイバイ」

「あ、うん……木曜」

安藤さんは、ひらひらっと手を振って、僕に背を向け、小走りで帰っていった。僕はしかし、彼女に手を振り返すことが、できずにいた。

だってそんなことしたら、せっかくの安藤さんの感触が、風で、早く消えちゃうことになるでしょう。だからって、反対の手を振ったら、自転車倒れちゃうでしょう。

だから僕は、右手をグーにしたまま。ずーっと。安藤さんが次の角を曲がるまで、見ているしかなかったんだ。

17

撮影当日。十月十四日の、朝七時ちょっと過ぎ。

僕はいつもよりかなり早めに起きて、お祖父ちゃんのお店まできていた。空は、完璧に晴れている。少なくとも今日一日、雨の心配はしなくてよさそうだ。

「あっちゃん、ほんとお願いね。一時半までには学校に戻ってきてよね」

「わーってるって。大丈夫だっつーの」

今日、松本さんのお迎えには、あっちゃんとお祖父ちゃんがいくことになっている。もちろん、最新型であるグレート・マミヤ四号機も一緒に積んできてもらう。

お祖父ちゃんが、いつもの軽ワンボの屋根をペコンと叩く。

「……ま、大船に乗った気で待っとけ」

何それ。ギャグ？　その錆びた小船に乗って、松本さんが余計腰を悪くするなんてことはない？　ほんとに大丈夫？

「あっちゃん、校庭側の南門、入れるようにしておくからね」

「わーったって。車入れるとしたら、あそこしかねえんだから」

「松本さんのいうこと聞いて、できるとこまでセッティングしといてね。設置場所は、白くラインで描いておくから」

「あいあい。任しときな」

「僕、五時間目は選択の数学があるから」

「知んねーよんなこたぁ。もういくぞ……ほらジジイ、乗れ」

ああ、今日はあっちゃんが運転するんだ。

「あっちゃん、免許持った？」

「大丈夫だよ。持ってるよ。タバコもライターも財布も持ってるよ……あ、ヤベ。携帯忘れた」

ほら。ほんと、お願いだからしっかりしてよ。


授業なんてもう、半分くらいしか聞いてなかった。

一時間目は技術。二時間目は理科。三時間目の国語はわりと好きだから集中できたけど、四時間目の英語なんて最悪。

なんとなく校庭を眺めてて、ラインは昼休みに描けばいいんだよな、五時間目に体育で校庭を使うクラスはないって谷村先生はいってたから、それさえやっとけば、あとは松本さん

が無事到着してくれれば、すべて上手くいくはずだよな、なんて考えてたら、

「……Hironobu, can you see a pretty girl in the grounds? I can not do anybody there.

(宏伸、グラウンドに可愛い娘でも見えるのかい？　私には見えないが)」

児島《こじま》先生にいわれちゃった。

「あ、あ……I'm sorry.（ごめんなさい）」

「No, no, no. Please tell me which you can see or not.」

謝るんじゃなくて、見えるのか見えないのか答えろって？　意地悪だな。で、見えないって正直に答えたら、じゃあ何を見てたのかって、どうせまた英語で質問するんでしょう。いっそ、見えますって答えちゃおうかな。半透明の小さな女の子が、寂しそうに一人で遊んでます、って。でも、半透明ってなんていうんだ。ハーフクリア？　ハーフシースルー？


昼休みに実行委員で集まって、ラインを引いた。

「撮影会に使うラインなんでェ、踏まないでくださーい。消さないでくださいねェ」

こういうことは、安藤さんにいってもらうのが一番効果的。僕と細田さんは半径十八メートルの円の下描きをして、実際のラインは瀬田くんと吉岡さんが引いた。クラブごとの場所決めは、六時間目になってからでいい。

最後に、グラウンドの中心に小さな丸を描いておく。ここがグレート・マミヤの設置位置

になる。

「……はい、お疲れさまでした。じゃあ、あとは五時間目が終わったら、急いで玄関に集合ってことで。お願いします。カメラももう、近くまできてるみたいなんで、心配しないでください」

口々に「じゃあ」といって、玄関の方に歩き出す。

いつのまにか、僕の隣には安藤さんがきていた。

「……いよいよだね、内藤くん」

「うん、もうすぐ。ほんと、すぐ」

「絶対、成功させようね」

「うん。成功……絶対、させよう」

ふと、先週交わした握手の感触が、掌に蘇る。

あの細い手は今、ラインを消さないよう注意するのに使った、黄色いメガホンを握っている。

「ああ……今さっき、あっちゃんからメールがあって、渋滞もなくこっちまできてるから、どっかでお昼ご飯食べて、それから学校にくるって。だから、五時間目の途中には、くるんじゃないかな」

するとなぜだろう。安藤さんはクスクスッと笑った。

「……え、なに？」

「うん。内藤くんって、けっこういいリーダーになれるんだなって、思っただけ」

じゃあね、といって、小走りで細田さんたちを追いかけていく。

その後ろ姿を僕は、また黙って、見つめている。

もうすぐ、五時間目が始まる。


選択数学の授業は、校舎の奥まったところにある少人数用の教室でやるんで、その間は校庭の様子が見られなかった。

五時間目が終わっていつもの教室に戻ると、

「あれ、ゴミ屋のジイちゃんじゃん」

クラスのみんなは窓の方に集まってた。

「ねえねえ、あの人だれ、あの髪の長い人。チョーカッコよくない？」

僕はもう窓から見るのは諦めて、直接玄関に向かった。

すると下駄箱の辺りで、瀬田くんと細田さんと一緒になった。

「……あれ、どっちが内藤のお祖父さん？」

「んーと、水色のツナギ着てるのが、うちのお祖父ちゃん。茶色いジャケット着てるのが、松本さん」

「女の人は」

「あれは従姉」

校庭の真ん中には、もう校長、副校長と谷村先生がいってて、何やらお祖父ちゃんたちと和やかに話していた。

僕たちもそこまで駆けていった。

「……ま……松本さん。今日は、遠くまで、ありがとうございます」

「やあ、宏伸くん。今回はいろいろ、お世話をかけました。ありがとう」

そこからは先生方も一緒になって、撮影会の準備に入った。

まず、四号機を降ろして、車を門の外に移動してもらう。で、僕たちがセッティングをしている間に、生徒を一階に集合させる。

クラブごとの位置決めは、瀬田くんと安藤さんに任せた。もう全体リハーサルで二回もやってるから、実行委員も、クラブの方も慣れてる感じだった。はいバスケ部、はい吹奏楽部、と呼ぶだけで、それぞれが指定位置に収まっていく。

でも、アニメ研究会が入ってきたところで、踏み台に上った松本さんが唸り声を上げた。

「……どうか、しましたか」

無言でファインダーを覗き、何度も、現物のガンダムと見比べる。

「うーん……あのロボット、背が高すぎて、顔が切れちゃうね」

そうか。今まではダミー・マミヤを回してただけだから、きちんとフレームの上下を意識できてなかったんだ。でも、顔が切れるのは困る。アニ研のみんな、顔にはすごいこだわりもって作ってたから。

僕はアニ研のところに飛んでいって、事情を説明した。エエーッとか、なんだよそれェ、みたいなリアクションも覚悟してたんだけど、意外や意外。彼らはいきなり笑い始めた。

「おーい、デカすぎて写んねえってよ」

「じゃ下げるか、ぐーっと後ろの方に」

「そしたらさ、少しずつ前に動かしてくりゃいいじゃん。一回転ごとに、こっちに攻めてくんの」

「それいーな。最後の方で顔が切れるなら、それはそれでいいし」

「ノロブー、まず最初、どこまで下げりゃいいんだよ。顔が写る位置を指示してくれよ」

「オッケー。いま訊いてくる」

僕は中心に戻って、松本さんにファインダーを覗いてもらって、もっとバック、もっとバック、そこでオッケー、みたいに指示を出した。うん、あそこから一回転ごとに近づいてくるって、面白いかもしんない。

「宏伸くん、私の方は、セッティングできたよ。スタートは、あの門の方からでいいのかな」

「はい、スタートは門からで、お願いします……じゃあ、ちょっと待っててください」

それから、実行委員で手分けして、各クラブの準備が整っているかを確認して回った。メッセージボード中心のクラブは、ちゃんと枚数がそろっているかどうか。飾りが取れてないか、どっか破損してないか。パフォーマンス中心のクラブも、小道具とか、ちゃんと用意できてるかどうか。特に最初に使うものより、あとの方で使うものの方が忘れられがちだから、最後まで全部そろってるかどうか。そういうことを重点的に、各クラブに確認してもらった。

どうやら、準備オーケーなようだった。

いったん、全員で四号機のところに戻る。

僕は、集まったセカチョー実行委員、一人ひとりの顔を見回した。

「……みんな、今日、ここまで協力してくれて、ありがとうございました。すごく上手く、準備できたと思います。あとはこれを、松本さんに十三回、回してもらうだけなんで、みんなは……各、所属クラブの方に、合流してください」

えっ、ていったのは、安藤さんだった。

「私は……いいよ。ここに残る」

瀬田くんも頷き、なあ、と細田さん、吉岡さんに同意を求める。二人とも頷いていた。

「でも、せっかくの撮影なんだから……まあ、ポーズとかそういうの、忙しくて、決めれてないかもしれないけど、でも、いいじゃない……ずっとピースだって。二、三回ジャンプして、わざと、崩れてみたっていいじゃない……楽しんできてよ。みんなはこの撮影を、思いきり楽しんでよ」

それでも安藤さんは、首を横に振った。

「今まで……五人で一緒に、やってきたんじゃない。ここから、この真ん中の場所から、みんなのパフォーマンスが上手くいってるかどうか、反対側のクラブがトラブってないか、そういうの、一緒に見守ってきたんじゃない。今日だけ別々なんて私、嫌だよ」

また安藤さんが、僕の手をさらっていく。

「……最後まで、一緒にやろうよ。委員長」

そうか。本当はみんな、向こう側にいきたいんじゃないかって、委員になっちゃったから、仕方なくこっちにいるんじゃないかって、僕は思ってたんだけど、でも、もしそうじゃないんなら――。

「うん。じゃ、最後まで、一緒に……お願いします」

僕は今一度、メンバーそれぞれを見た。

「じゃあ、分かってると思うけど、回し始めたら、しゃがんで、レンズの前に入らないように。そこだけは注意して。お願いします」

はい、という返事。気持ちいい。

「……じゃあ、松本さん。お願いします」

松本さんは頷き、踏み台から降りて、そこに座った。手には、初号機と同型のスイッチが握られている。

「私はいつでもいいよ。宏伸くんが、スタートの声をかけなさい」

横からスッと、黄色いものが出てきた。

安藤さんが差し出した、メガホンだった。

「お願いします。委員長」

練習では、ダミー・マミヤを回す役も含めて、みんな持ち回りでやってた。だから、号令も、決して初めてじゃないけど、

「ほら、内藤。早くしろよ」

なんか、今日は照れ臭い。

「いや、瀬田くんやってよ」

「何いってんだよ。お前しかいないんだよ、委員長」

そんなこんなで、とうとう、カメラの前に押し出されてしまった。

南門の方には、バスケットボール部がいる。ごく普通の記念撮影みたく、前列の人は膝をついて、次の列は中腰になって、みんなの顔が写るようにしている。

僕は、四号機のレンズの左横に立って、大きく深呼吸をした。

松本さんは、予備でもう一本フィルムを用意しておく、といってくれたけど、僕らは、そ

れには頼らないようにしようと決めていた。

一発勝負。一回だけのパフォーマンスを、「世界一長い写真」という一枚に収め、永遠に残す。

「じゃあ……いきます」

僕は左手を高く上げ、メガホンを口に持っていった。

他のメンバーは四人とも、もうしゃがんでいる。四号機に背を向け、周囲に目を配っている。まるで、何かからグレート・マミヤを守ろうとする戦士のようだ。

松本さんが、スイッチを握ったまま、優しい目で僕に頷きかける。

僕もそれに、頷いて返す。

「……ヨォーイッ」

ギュッ、と生徒の輪が縮こまって、密度が増したように見えた。

得体の知れないパワーが、この校庭に溜まっていくのを感じる。

「スタァートォーッ」

叫ぶと同時に、僕もしゃがむ。

頭上で、グレート・マミヤ四号機が回転し始める。

レンズが通り過ぎたバスケ部は、すぐに列の組み直しを始めた。

奇術同好会は、ジャグリングの道具を持ってポージング。

サッカー部は三年部員による、おでこでボールをホールドする大会。落とした人から退場していく。果たして、四分半もつ人なんているのでしょうか。

将棋部は、五角形に切った黄色い板の前で、体を使って駒の漢字を表現。「歩」は二人で、けっこう上手くできてた。次は「香」だっけ。難しいよ。

そしてバレーボール部。長い棒の先にボールを括りつけて、下級生が三年生を担ぎ上げて、アタックする場面を再現する。さて、今回は最後まで上手くいくだろうか。練習のときは、下級生が途中で力尽きて潰れてたけど。

ああ、それから先は、瀬田くんの頭で見えないや。


写真に声は残らないけど、けっこうみんな、ワーワーキャーキャー騒がしかった。でもそういうのって、絶対表情には表われると思う。この興奮は必ず、写真にも写っているはずだ。

途中でアニ研のガンダムが、風に吹かれて倒れた。でも文化祭は終わってるから、彼らももう、そんなに悔いはないみたいだった。みんな、寿命だなって笑ってた。

ところどころ失敗したクラブもあったと思う。ひょっとしたら、擦り傷や打撲くらいの怪我人は出たのかもしれない。でも、大きなトラブルは一つもなく、

「ラストォーッ、あと一回でェーすッ」

「はい、ラストラストォーッ」

十三回転目に入り、

「最後だよォーッ」

「あと半周ッ」

「あと四分の一ッ」

鉄道研究会、陸上部、美術部、剣道部にいって、で最後の、フォークソング同好会までカメラが回って。僕らの頭上で、カラララッと、フィルムが最後まで巻き取られた音がして——。


やがて松本さんが、無言で親指を、スイッチから離す。

なんか、その瞬間、世界が止まったような。そんな気がした。

「……宏伸くん」

「はい」

「ほら。君がいわなきゃ」

僕は、凝り固まって、グキグキいう首で頷いて、ゆっくり、立ち上がった。足も痺《しび》れてて、思わず三脚につかまりそうになってしまった。

再び黄色いメガホンを構え、南門の方を向く。

「みなさん……お疲れさまでした。撮影、終了ですッ」

ワァーッと、人の輪が浮き上がる。

「ありがとうございましたッ、お疲れさまでしたッ」

僕は四方、それぞれにいった。

あちこちでメッセージボードとか、いろんなものが飛び交っていた。ガンダムの足も、将棋の五角形ボードも空を飛んでいた。

「松本さん……今日は、本当にありがとうございました」

僕がいうと、実行委員のみんなも集まって、同じように頭を下げてくれた。

「いやいや、ほんと……なんだか私の方が、すっかりお世話になってしまったみたいだ。こんなに、みんなが一所懸命やってくれるなんて、思ってもみなかった。本当に、ありがとう……」

そういって松本さんは、実行委員一人ひとりと握手をした。谷村先生や校長、副校長もきて、挨拶していた。

うん、本当によかった。撮影が無事に終わって。

でも逆にいえば、これはまだ、撮影が終わったってだけの段階なんだ。

「世界一長い写真」の撮影をした、ってだけで、本当の写真作りは、ここからが正念場なんだ。

終章

週末。僕らは現像作業のお手伝いをするため、松本さんのお宅で合宿をすることになった。

参加メンバーは、セカチョー実行委員会から僕、安藤さん、相談役の谷村先生。それから、うちのお祖父ちゃんと、あっちゃんと、写真館の宮本さん。初参加だけど、今回誰より重要なメンバーが、この宮本さんなのです。

「すみません。なんか、大変なことお願いしちゃって」

「んーん、全然そんなことない。むしろ、楽しみにしてたくらいだから。なんかいいよね、こういうの。学生時代に戻ったみたいで」

それと、なぜか三好。

「……あの、三好さんは今回は、どういったお立場で？」

「写真部部長」

以上、総勢七名。土曜の朝早く集合して、あっちゃんが借りてきた大きめのワンボックスに乗り込んで、レッツ・ゴー。

渋滞もまったくなかったんで、十時前には松本さんのお宅に着きました。

「あー、いらっしゃい、いらっしゃい。これはまた、今日は賑やかだ」

お祖父ちゃんを通して、松本さんには一応、参加人数について相談してあった。僕は最初、いっぺんに七人もいったら迷惑かなって思ったんだけど、松本さんのところにはギネスの関係でマスコミの取材もけっこうくるらしく、七人くらいは全然平気だっていうんで、まあ、せっかくの機会だから、甘えさせてもらうことにした。

あっちゃんが、宮本さんを松本さんに紹介して、それからお宅に上がらせてもらった。

「じゃあ早速、機械の方を、ご覧に入れましょうか」

松本さんが案内してくれたのは、この前グレート・マミヤシリーズが並べてあった和室。どうやら今回は、ここを暗室にして作業をするようです。向こうの壁際。すでに暗幕を張った窓の前に台があって、巨大な顕微鏡のような機械が設置されてます。

宮本さんが、恐る恐るといったふうに近づいていく。

「これは、すごいですね……この装置は、自作されたんですか」

「ええ、まあ……もちろん、全部ではありませんけどね。市販のものをベースに、いろいろ手を加えてあります。今回は新たに、自動露光センサーを開発して、この、レンズの下に取りつけてみました」

そのままなんとなく、松本さんの解説は始まった。

「ようはこれが、パノラマ写真専用の引き伸ばし機なわけです。この頭の部分、ランプハウスの下を、ローラーで送り出されたネガが、こう……左から右に、流れていきます。下にセットする印画紙は反対で、右のロールから、このスリットの方に送り出されて、露光して、左側に巻き取られていきます」

つまり、そのランプハウスから光が出て、下を通る印画紙に画像が焼き付けられる、ということなんでしょう。顕微鏡でいえば、観察するものを載せる台みたいなところで、印画紙は露光するわけだ。

松本さんが、隣の機械の前に移動する。

「焼き付けが終わったら、今度はこれに通します。自動現像機です。今回のプリントには、市販のものではちょっと幅が足りませんでしたので、同じもの二台を使って、切断して繋げて、三十五・六センチの幅で、送り込めるように改造しました。この中で印画紙は、発色現像、漂白定着、仮水洗いのプロセスを経て、排出されてきます。この右のロールから、機械を通って、こっちにね。自動的に出てきます」

自動現像機そのものは、わりと普通の箱型の機械だ。ただ、それにもやっぱり自動で印画紙を送り込めるように、ロールの設置場所が設けられている。

ん、っていうか、全部自動なの？

「この機械は、なんですか」

宮本さんが引き伸ばし機の横にある、メーター付きの黒い箱を指差す。

「それは、自動露光センサーのコントローラーです。前のときは、この露光の具合を見るのに付きっきりじゃなきゃいけなかったんですが、今回はこれのお陰で、かなり作業は楽になると思います。あとは最後まで、すべての装置がきちんと連動してくれれば、さほど難しいことにはならないだろうと思います」

えーと、ちょっと待ってくださいよ。

「あの、松本さん。その……っていうことは、えっと、つまり、僕たちは具体的に、どんなお手伝いをしたら……」

松本さんは、ちょっと驚いたような顔をした。

「いや、特に露光と現像に関しては、お手伝いいただくことはないですよ。こちらの宮本さんが、私と交替で見てくださるということですんで、もうそれだけで。あとはオートメーションですんで……あれ、タケちゃんに私、そういいましたよね」

そっぽを見ていたお祖父ちゃんがこっちを向き、ぎこちなく頷く。

「ああ、そういえばそんなことも、聞いてましたな……でもまあ、何かと大人数の方が楽しいだろう。なあ、宏伸」

ちょっと、なんなのそれ。

でもまあ、せっかくきたんだからってことで、松本さんのご好意で暗室に入れてもらって、「世界一長い写真」ができていく過程を見学させてもらった。といっても中は赤ランプもない真っ暗闇で、印画紙は現像されてもすぐ巻き取られていっちゃうんで、写真そのものは全然見られなかったけど。だから本当のできあがりは、改めて明るいところでってことになる。

しかし、松本さんてすごいな。最初のギネス写真のときは、この作業をたった一人でやってたんだもんな。しかも自動露光センサーなしだから、じっと見張ってて、手作業で露光の具合を調節しながらってことになる。実に孤独な作業だったと思う。まあ、そこを考えると僕たちみたいな賑やかしも、眠気覚ましか暇潰し程度の役には立ったんじゃないかと思う。

ちなみに女子は暗室に入らず、松本さんのご家族と一緒にキッチンで料理を作ったりしていた。

最初のお昼はきしめんで、夜は大人数のときの定番、カレーライス。このときはお祖父ちゃんとあっちゃんが、やたらと張りきって作ってた。実際すごい美味しかったし、松本さんの娘さんご夫婦とお孫さんもいて、一緒に食べられて、それもなんか楽しかった。

露光に九時間、現像に九時間、仕上げの水洗いと乾燥にもやっぱり九時間。合計二十七時間。全工程が終わった頃には、もう日曜日の夕方になっていた。

合宿自体は、小さな修学旅行みたいで本当に楽しかったんだけど、でも現像の現場にいたからって、ギネス写真を一番に見られるわけではなかった。

「……まあ、ウチではね、縁側っていったって長さは高が知れてるし。なかなか、百五十メートルの直線となると、広げられる場所も限られてくるんですよ」

確かに。松本さんの家はわりと広い方だと思うんだけど、それでも百五十メートルのロールを広げるのは、どう考えても無理。

いま僕たちの前には、まさにその、完成した「世界一長い写真」のロールが置かれている。幅というか、写真の縦になる長さが三十五・六センチ。太さは、どれくらいっていったらいいんだろう。太めの電柱くらいだろうか。

すると、僕の後ろにいた谷村先生が、あの、と遠慮がちに手を挙げた。

「せっかくですから、よろしければ、またうちの学校にいらしていただいて……今度は『世界一長い写真』の、お披露目会と申しますか、なんかそういうことを、できたらいいなと思うんですが、いかがでしょう」

谷村先生、ナイスアイデアです。

かくして、撮影から二週間が経った、やっぱり木曜日の六時間目、総合の時間に「世界一長い写真」のお披露目会は行われた。

校舎の玄関からずーっと校庭に広げていって、少しくらいならカーブしても大丈夫ということなので、南門から道に出て、坂の途中まで使って、百五十メートルを一気に公開するというビッグイベントだ。

あ、いや、松本さんはあのあとで少し前後をカットしたらしく、正確には百四十五メートルということでした。どちらにせよ、これが「世界一長い写真」の世界新記録になることは間違いないわけだけど。

「わっ、すっごーいッ」

「あ、オレオレ、写ってる写ってる」

万里の長城みたく、ずらずらずらーっと机を並べて、写真はその上に広げてある。みんなはそれを歩きながら見るわけだけど、間違って倒したり、ないとは思うけど手で触ったりしないように、一応、実行委員会メンバーが反対側に立って警備することにした。

生徒の列は少しずつ、僕らの向こう側を左に進んでいく。

「うわ、奇術の奴ら、キモッ」

うん。それ、ちょっと気持ち悪いよね。奇術同好会の人たちって、ジャグリングの道具を持ってポーズしてるだけじゃなくて、実は少しずつ、前後に動いてたんだね。だから、回転と同じ方向に動いた人はお相撲さんみたく太って、反対向きに動いた人はマンボウみたくペッタンコになってる。それでも道具を持った手は生えてるわけだから、なんかすごい、宇宙人っぽく写ってる。これぞまさしく、グレート・マミヤの特性を活かした「奇術」ってわけだ。

「ガンダム……ボロボロ」

「ちょーウケる」

それも楽しいよね。近づいてくるのがね。

「これ、すげーよな」

「うん、物語になってる」

歴史戦国研究会のパフォーマンスは、大きな日本地図の上に戦国大名のイラストを貼って、それを少しずつ動かして、最後に秀吉が全国を平定するまでを表現している。実に見事な出来です。

オセロ愛好会も似たような感じだけど、でもさすがに、十三回転内で完結させるのは難しかったみたい。実際、最後のコマでも決着ついてないし。これって、本番での真剣勝負だったのかな。まさか、そんなことないよね。

フォークソング同好会は、こういうのお手のもんだね。エディを始め、各人が思い思いのポーズを決めてるだけなんだけど、なんかみんな面白いっていうか、ちょっとずつカッコいい。さすが、芸達者集団です。

そして、我が写真部は――。

ちょうど、三好部長が僕の前に差しかかった。

「あ、三好……あの、ありがとう、あれ……僕、本番のとき、ちょうど反対側にいたから、三好があんなことやってくれてたなんて、全然、気づかなかった」

写真部は割り当てられた幅もせまいから、部員一人ひとりが好きな写真を引き伸ばして、それを持って前に出てくるという、シンプルなスタイルを採用していた。

その十三回転の内訳はというと、一人だけ一回で、その他の六人が二回ずつ。部員は七人だから、どうしてもそういう勘定になってしまう。

じゃあ、誰が一回になったのかというと、それが三好だったのだ。

しかも三好は、僕の分の二回を、ちゃんと僕用に演じてくれていた。一回目は、例のヒマワリ畑。文化祭用に渡しておいたのを持って、カメラにアピールしてくれている。二回目は、段ボールで作ったリハーサル用のダミー・マミヤ。あれを持って、仏頂面でVサインをしている。

「……別に。部員の活動を総括して表現するのが、あたしなりのパフォーマンスだと思ったから、ああやっただけ」

「でも、三好だけ、一回だったのに」

「ああー、そういうの嫌い。そういう自己犠牲みたいな、なんかそういう見られ方、あたし嫌い。ムカつく」

フンッ、と口を尖らせ、三好は左に進んでいった。なんか――いや、決して初めてってわけじゃないけど、なんか、三好って本当はいい人なんだなって、ちょっと思った。

少ししたら、今度は柴田明が僕の前にきた。

「よう。とうとうできたな」

「うん、なんとかね」

そういえば明って、確か柔道部だったよね。どこに写ってんだろ。

「いい出来じゃねえか」

そういった明は、ちょっと照れたように笑った。

僕にとっては、意外なひと言と、意外な表情だった。

そして左拳を、僕に差し出してくる。

「見直したぜ、宏伸」

「あ、ああ……ありがとう」

僕は慌てて、明の拳に自分のを合わせた。

って、あれ？　いま明、僕のこと、なんて呼んだ？

「世界一長い写真」のお披露目会も無事終わり、松本さんは、これでまたギネスに申請できると喜んで帰っていった。ちなみに、ギネスの認定証書は申請から届くまでに半年くらいかかるらしく、じゃあ、その頃はもう僕らも高校生だね、なんて、実行委員のみんなとはいっていた。

そして今現在、グレート・マミヤは、僕の手元にはない。残ったのは例のヒマワリ畑の写真くらいで、「世界一長い写真」もなければ、むろんギネス認定証書も僕のところには届かない。日常生活も、特に今までと変わったところはなく、強いて挙げるとすれば受験が間近に迫ってきて、そろそろ真面目に勉強しなきゃって、人並みな焦りを感じ始めたことくらいか。

でも――。

「世界一長い写真」を体験したことによって、形にはならない、目にも見えない、けどたくさんのものが、僕の中に残った気はする。それが何かは、僕自身、まだよく分かってないんだけど。

あ。自転車漕いでたら電話がかかってきた。

ディスプレイを見ると、あっちゃんからだった。

「はい、もしもぉーし」

『おお、宏伸、ホットサンド焼くから今から食いにこい』

またですか。

「やだよ。またどうせ大量に作って、僕がお腹壊すまで食べさせる気でしょ。冗談じゃないよ」

『大丈夫だよ。ホットサンドは作りすぎたらラップしてとっとけるから』

それがアリなら、たこ焼きもそうしてほしかった。

「ええー……どうしよっかなぁ」

『これよ、ホットサンドに飽きたらよ、ワッフルも焼けるんだよ』

「わーい、ワッフルもぉ？　やったぁー……って、僕がいうとでも思ってんの」

『ああ、思ってるよ』

完全に舐《な》められてますね。


まあ、結局お店にはきちゃったんだけど。

「……それも、リサイクルの復活品なの」

ただ今あっちゃんは、極めて慎重にハムチーズサンドを試作中。

「そう。ただ、ほんとは焼きお握り用のプレートもセットであったんだけど、それはもとの持ち主が失くしちまったらしいんだ。だから、ホットサンドと、ワッフルだけ……」

まさか、これでワッフル屋さんを始めるとかいうんじゃないでしょうね。

「あれ、お祖父ちゃんは？」

「知んね。ゆうべ飲みにいったまんま帰ってきてねえ。どっかのドブ川で溺れ死んでなきゃいいけどな」

相変わらずのひどい言い草だ。まあ、それで仲は悪くないんだから、別にいいのかもしれないけど。

「……そういや宏伸。お前、なんか最近、いい感じだな」

「え、何が？」

「いや、なんとなく」

「ああ、そう……それは、ありがとう」

全然、意味分かんないんですけど。

で、フタを閉めたらスイッチオン。焼き上がるまであっちゃんはご一服。

「……ちなみに宏伸」

「はい」

「あたしがギャンブルやめてるの、気づいてたか」

僕、そこまで熱心な「あっちゃんウォッチャー」じゃないんで。

「いえ、ちっとも気づきませんでした」

「なんでか分かるか」

「んーん、全然分かんない」

首を横に振ると、ものすっごい尖った目で睨まれた。

「……ちったぁ真剣に考えろよ」

「あっちゃんがギャンブルやめた理由を？　僕が？　なんで」

「いいから考えろ」

しょうがないな。ああ、確か置き場の奥の方に、古い木魚があったよね。僕が考えてる間、あれ叩いててもらえるかな。

「分かんねえなら教えてやる」

ちょっと、タイムアップ早すぎだよ。ようするにいいたいんだよね。あっちゃん自身が。

「……うん、教えて」

「あのな、前にあたし、ギャンブルは悪魔の取引だって、いっただろう」

そうだっけ。あんまよく覚えてない。

「なんでだか分かるか」

「いーえ、分かりません」

「だからよ、ちっとは自分で考えろっつってんだよ」

「分かんないよ。だって僕、ギャンブルやったことないもん」

そっか、と珍しくあっちゃんは納得した顔をし、タバコを灰皿で揉み消した。

「つまり……たとえば、分かりやすくパチンコ屋を例にとるとだな、客が勝って喜んでるとき、店側は泣いてんだよ。客が負けて泣いてるとき、店側は必ず、腹抱えて笑ってんだ。ザマーミロってな……たいていのギャンブルってのは、本質的にはそういうもんだ」

はあ。

「でも、そういうのってやっぱ、なんか間違ってんだよ。売る側は、客に喜んでほしいから、いいものを作る。客はそうやって作られた、いいものを選んで買う。売る側は、買ってもらってありがとう、客側は、いいものをありがとう。やっぱ世の中、そうやって互いのためにならねえと、回っていかねえんだよ……ほい、できた。アツアツのハムチーズサンドだ。温子だけに」

どうしたのあっちゃん。今日、やけに真面目じゃない。最後のダジャレは余計だと思うけど。

「ありがと……いただきます」

まずはひと口。パクッといった途端、中からアツアツのチーズが溶け出てきて舌を火傷《やけど》しそうになったけど、でも、何これ、すっごい美味しい。ハムもチーズもコクがあって、ちょっと何かがピリッと利いてて、あと、ピーマンもいいアクセントになってる。これ、ちょっと絶品だよ、あっちゃん。

「つまり、そういうことだよ」

「えっ……何が」

「お前いま、美味くて笑ったろ。ニコッとしたろ」

うん。たぶん、したと思う。

「それなんだよ。誰かにそういう顔をしてほしいから、人は何かをするんだよ。誰かがそういう顔をしてくれるから、人は仕事を頑張ったり、何かに打ち込んだりできる……松本さんだって、たぶんそうだったんだと思うよ。本当はギネス記録がどうこうより、自分の作ったカメラで、たくさんの人が笑ってくれる、楽しんでくれる。そういうことを確かめたくて、だから頑張ったんじゃないか……って、そんなことをあたしは、ちょっと、あの現像の現場を見て、思ったんだ」

それ――。

「……なんか、僕もそれ、分かる気がする。実行委員とかやってるとき、なんていうか、その……そういう感じ、あった気がする」

だろう、とあっちゃんは、自分でもホットサンドを齧《かじ》りながら頷いた。でも熱かったんでしょう。口を閉じたまま、激しく顔を伸ばしたり、縮めたりしている。

冷めたのか、ようやくゴックン。

「……まあ、その年で、それに気づけりゃ大したもんだよ。あたしなんて、つい最近だからな。ちっとは人の役に立ってみようかなんて、殊勝なことを思い始めたのは」

へえ、そうなんだ。

「だからさ、あたし、結婚することにしたよ」

「へえ……え？」

あっちゃん、今なんと。

「結婚、することにしたんだよ」

「あっちゃん……結婚って、たこ焼き屋と違って、一人じゃできないって、知ってた？」

「馬鹿にしてんのかテメェ。わーってるよんなこたァ。一人じゃねーよ。ちゃんと、宮本さんとするんだよ」

「えっ、あの写真館の？」

「そうだよ。ワリいかよ」

いや、別に悪くはないけどさ。あまりに急な話なもんで。

「でも、なに……その、プロポーズとか、そういうの、どうなの。あったの」

「したよ、あたしが。店にいったとき、あたし、ここに嫁にこよっかなっていったら、いいですよって、あの人がいったんだよ」

うそ。結婚って、そんなに簡単なものなの。

「でも、なんでまた、急に……」

「だからよ、なんか頑張って、誰かを喜ばすとして、だったら誰がいいかって考えたら、あの人だったんだよ、あたしの場合……まあ、ぶっちゃけあたしはなんでもできるんだけど、でもやり甲斐ってのも、けっこう重要だろ。そういった意味じゃ、あの写真館の嫁なんて、やり甲斐ありそうだろ。難しいぞ、このご時世で写真館やってくの。やり甲斐あるぞ。テンコ盛りだぞ」

そういう問題、なのでしょうか。

「そんなわけで、あたしも近々人妻だ。お色気ムンムンのな……だから宏伸、お前も、しっかり頑張れ」

分かんない。僕、やっぱりあっちゃんのこと、よく分かんないよ。

「そんなこと、急にいわれても……僕なんて、何を頑張ったらいいの」

「んなのぁ、なんだっていいんだよ。お前はダンスだってできるし、カメラだってできるし、あたしと違って、学校の勉強だってできる。お前なら、なんだってできるさ。いや、ほんとはみんな、なんでもできるのに、やらないだけなんだよ。やろうとしてないだけなんだよ。そういう奴、絶対多いよ」

そうなのかな。そういうもんなのかな。

「ただ……何をやろうか迷ったら、考えてみりゃいいんだよ。誰を喜ばしたいか。その、喜ばしたい人の顔が浮かべば、それが正解だよ。やってみる価値、アリだと思うよ。あたしは」

そっか。そういうもんか。

「僕にも、なんかあるかな」

「あるさ。あると思って探せば、いっぱいあるさ」

「誰かを喜ばすこと、できるかな」

「できるさ。実際できてたろ、実行委員会。立派にできてたろ」

立派だったかどうかは、なんともいえないけど。

「うん、分かった……なんか、やってみる」

すると、なんでだろう。グッと顔を覗き込まれた。

「……なに」

「お前いま、受験が終わったら、とか思ったろ」

あ、ちょっと思ったかも。意外と鋭いな、あっちゃんって。

「駄目だよ。やるべきことは今日から、今からやんなきゃ。先延ばしにする奴は、結局いつまで経ってもやんないから」

なるほど。

「うん、分かった……今日から、いや今からやる」

「よし。分かればよし。帰ってよし」

ああそう。今日はもう、帰っていいんだ。

でもなんか、お陰で、僕にも何か、できる気がしてきたよ。やってみる気が、出てきた気がする。

とりあえず今日から——受験勉強、頑張ってみるよ。

まずはそこから。僕は始めてみる。

携帯を開いたら、いつのまにかメールがきてた。洋輔からだった。

ずいぶん前に届いてたけど、ヒマワリのパノラマ写真よかったぞ、部屋の壁に飾ってる、ありがとな、だって。

まったく、送ってから何ヶ月経ったと思ってんだよ。

でも、よかった。気に入ってくれたみたいで。

じゃあ、またいいの撮れたら、送ってみようかな。

謝辞

本作品は「世界一長い写真」のギネス認定を二度にわたって受けられた、山本新一さん製作の三六〇度パノラマカメラをモデルにしておりますが、作中に登場する人物や団体、出来事はすべて架空のものとなっております。
また執筆に際し、山本新一さんには大変貴重なご教示、ご協力をいただきました。あらためて心から御礼申し上げます。

著者

解説

古廐智之《ふるまやともゆき》
（映画監督）

誉田さんの小説のモヤモヤ。主人公のモヤモヤ。あれが好きだ。世界の始まりの手触りがする。

しばらく前に『武士道シックスティーン』を映画化したんですが……。初読、鮮烈でした。スパルタ純粋培養の剣道少女・香織《かおり》。「なんとなく」やってるお気楽天才剣道少女・早苗《さなえ》。二人の「剣の道」「友情」を描いた、もはや説明不要の傑作です。

ライバル・早苗が決めた美しい一本を目の当たりにしたとき、香織は激しく揺れます。自分には超えられないだろう美し過ぎる一本……。「勝利だけが私」そう思い定め生きてきた香織は、自分の世界全てが崩壊してしまう……。

さて、ここからのモヤモヤ。それが素晴らしかった！

「自分の世界が崩壊する」ってことは「言葉を持てない」ということ。判断する主体たる

「私」が壊れてしまっているから。

香織の自我崩壊から数章続くダウナーな世界。その内面世界が……豊かでした！　綴られていたもの。それは殆《ほとん》ど「恐怖」だったように思います。

生れたばかりの子供のように香織は「名前のついてない」世界に放り出される。スライムのように不定形な世界。彼女はただ目を見開くばかり……。

でも子供の頃の世界ってそういうものではないでしょうか。ぐにょぐにょの初めて見る怖ろしい世界。だけど誰が名前をつけたわけでもないからとっても新鮮……！　自分で目を見開いて、手を伸ばして確かめて行くしかない。その手触りの怖ろしくも鮮やかなこと……。


前置きが長くなりました。『世界でいちばん長い写真』もモヤモヤです。私は自分が15歳だった頃を強烈に思い出してしまいました。

私ごとで恐縮です。暴力で管理された「超」が付く厳しい中学校に通っていた私は、そこを卒業してゆったりとした高校に入りました。

何のプレッシャーもなくダラダラとテニス部をやり、マンガを立ち読みし、麻雀をし、原チャリを改造し……というモテない男子典型。

で、当時何に命をかけてたかって「何事も自分からは言い出さない」ってことでしょうか。例えば誰かの家にたまってゲームをする。マンガを読む。そんなとき、絶対に自分から「あれやろうぜ」「もうやめようよ」と言い出さない。いつのまにか自分に課した不文律がありました。

「あいつ、あんな事やるって言い出しやがってよ」という視線に堪《た》えられなかったのです。「他人に見られた自分」が自分そのものになってしまう気がして……。確固たる自我が全くなかったんですね。

だから絶対に自分からはやりたいことを言い出さない。場が盛り上がっていれば「ノッてたからつい」と言い訳して、誰よりもフザケて遊びまくるけど。友達の話題には誰よりも笑って頷《うなず》いてやるし。何であれ、じゃれ合いなんかは大歓迎……。

グレート・マミヤに出会う前の宏伸《ひろのぶ》。あれは苦しい。魂の牢獄です。

『武士道シックスティーン』が生れ落ちたばかりの赤ん坊が見る世界、その恐怖と喜びを描いていたとすると、『世界でいちばん長い写真』は思春期の牢獄を描いています。

転校した友人が、写真部部長が「何だかお前が心配だ」と宏伸に言うけれど、宏伸本人はそこまで意識していません。

そこがリアルだなあ……！　だいたい思春期の主人公は大なり小なり悩みを抱えてるものですが、宏伸は悩みの存在すら自覚していない。

そう言えば子供の頃少女マンガを読んで驚きました。「女の子ってこんなにモノ考えてるの！　かなわないなあ……」と。

私があの頃つるんでた男子連中はみんな「何をやりたいか」「何を考えているか」自分からは絶対に言い出さなかった。「自分が何を考えてるか」極力考えないようにし過ぎて本当のアホになってしまった奴もたくさんいました。私もその一人です。

でも自分が何を感じているかも分からないようにするってのは案外疲れます。自分を自分で疎外し続けなきゃなんないですからね。

誉田さんの『世界でいちばん長い写真』は、あの情けない魂の牢獄にぴったりと丁寧に寄り添ってくれました。

若い奴ってこんな感じでしょ、とナメて分かった振りをしない。だから本当に宏伸の気持ちになれる。宏伸と一緒に水の中で酸素が足りない気持ちになれる。

だから後半が心から嬉しく読めました。宏伸がほんの少しずつだけれど他人や世界、自分に出会って行く後半の物語。ただただ自らの世界が開いて行く喜びを宏伸と一緒に体験することが出来ました。

グレート・マミヤ、従姉《いとこ》のあっちゃん、ヒマワリ畑、カメラ屋のおじさん、部長の三好《みよし》、安藤《あんどう》エリカ……。

それまでどこも見ていなかった宏伸の目が自分の外を向き、他人に、そして世界に出会い始めると、物語は音を立てて鮮やかさを増します。

そしてあの360度×13回転の大クライマックス!!　あそこがただ明るいだけでなく胸を絞めつけるように感動的なのは、テーマがどっしりと「目に見えるもの」になっているからでしょう。


他人に出会い、世界に出会ったその先に、ほのかに見えてくる自分……。


隣のあんちゃんのような誉田さんが押し付けがましくなく、悪戯《いたずら》っぽい笑顔で言うのはこういう事ですかね。

「自分捜しに汲々《きゆうきゆう》としてる子供たち。顔を上げて、他人や、世界を見つめてごらん。出会ってごらん。思ってるより素晴らしいんだから。面白いんだから」

二〇一〇年八月　光文社刊

光文社文庫

世《せ》界《かい》でいちばん長《なが》い写《しや》真《しん》

著　者　誉《ほん》田《だ》哲《てつ》也《や》

2012年11月20日　初版1刷発行
2020年12月25日　8刷発行

発行者　鈴木広和
印　刷　萩原印刷
製　本　ナショナル製本

発行所　株式会社　光文社
〒112-8011　東京都文京区音羽1-16-6
電話　(03)5395-8149　編集部
8116　書籍販売部
8125　業務部

ISBN978-4-334-76485-2　Printed in Japan

組版　萩原印刷

誉田哲也の本

好評発売中

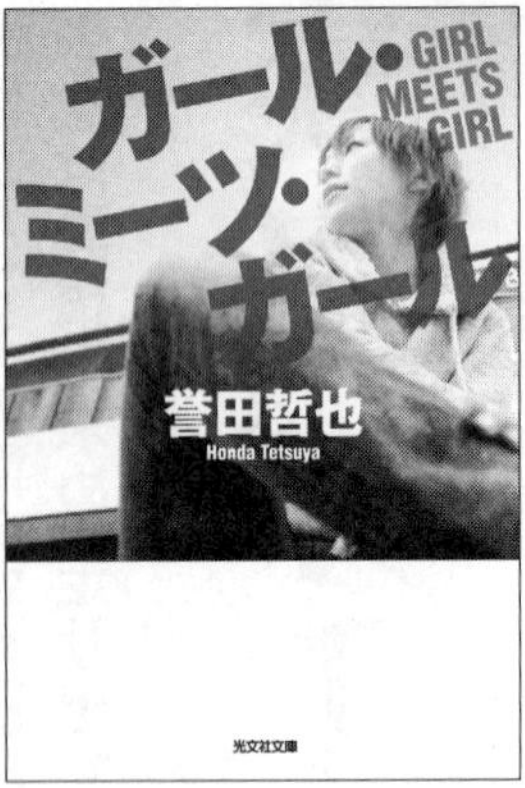

二人の女性アーティストが出会ったとき、
熱いドラマが幕を開ける——。

ガール・ミーツ・ガール

柏木《かしわぎ》夏美《なつみ》は、デビュー間近の事務所期待のミュージシャン。けれども、ビジネスモードな大人たちとは嚙み合わないことばかり。マネージャーの宮《みや》原《はら》祐《ゆう》司《じ》も、気分屋で頑固な夏美に振り回されっぱなしだ。そんなとき、二世タレントのお嬢様アーティストとのコラボレーションの話が舞い込む。性格も音楽性も天と地ほど違う異色コンビの命運は？　痛快で熱い青春小説。

光文社文庫

誉田哲也の本

好評発売中

映画「ストロベリーナイト」原作
姫川玲子を襲う最大の試練とは⁉

インビジブルレイン

姫川《ひめかわ》班が捜査に加わったチンピラ惨殺事件。暴力団同士の抗争も視野に入れて捜査が進む中、「犯人《ホシ》は柳井《やない》健斗《けんと》」というタレ込みが入る。ところが、上層部から奇妙な指示が下る。捜査線上に柳井の名が浮かんでも、決して追及してはならない、というのだ。隠蔽《いんぺい》されようとする真実——。警察組織の壁に玲子《れいこ》はどう立ち向かうのか？　シリーズ中もっとも切なく熱い結末《ラスト》！

光文社文庫